Nikolayeviç Tolst [...] . 1843 yılında Doğu dilleri okum [...] okuldaki eğitimini yarıda bıraktı [...] Fakültesi'ne geçti. Hukuk Fakültesi'ndeki eğitimini de tamamlayamadı. 1851'de Rus ordusuna yazıldı ve 1854-55 tarihlerinde Kırım Savaşı'nda topçu teğmeni olarak görev yaptı. Bu dönemde otobiyografik eserler olan *Çocukluk, İlk Gençlik ve Gençlik*'i, ayrıca *Tipi, İki Süvari Subayı ve Toprak Ağası'nın Sabahı*'nı yazdı. Böylece kendini edebiyata adamaya karar veren Tolstoy, savaştan sonra St. Petersburg'a gitti. Radikal demokrat N. Çernişevski ile muhafazakâr liberal I. Turgenyev'in temsil ettikleri edebi iki toplulukla anlaşamadı. 1857'de İsviçre, Almanya ve Fransa'yı kapsayan bir geziye çıktı. Bu dönemde eğitim kurumlarıyla ilgilenmeye başladı ve Rusya'ya dönerek çiftliğindeki köylü çocukları için bir okul açtı. 1862 yılında komşu çiftliğin sahibinin kızı olan Sofya Andeyevna Bers'le evlendi ve bu evliliğinden on üç çocuğu oldu. Tolstoy, 1880'den sonra Hıristiyanlıktaki ölümsüzlük düşüncesini, Ortodoks Kilisesi'ni ve her türlü siyasal iktidarı yadsıyan, kendine özgü bir tür "Hıristiyanlık anarşizmi" geliştirmeye başladı. Düşüncelerini açıkladığı "Dogmatik Teolojinin Eleştirisi", "O Halde Ne Yapmalıyız?" ve "Tanrı'nın Hükümdarlığı Kendi İçimizdedir" adlı makalelerin yayınlanmasından sonra, 1901'de Kilise tarafından aforoz edildi. 1900'lerden itibaren bir yandan mülkiyet konusundaki radikal düşünleri nedeniyle ailesiyle arası açılırken, diğer yandan aydın Rus gençleri arasında giderek daha çok tanındı. Bu nedenle derin bunalıma ve manevi yalnızlığa gömüldü. 7 Kasım 1910'da ailesini terk etmeye karar vererek yanına en küçük kızı ve doktorunu da alarak yola çıktı. Ancak birkaç gün sonra Astapovo Tren İstasyonu'nda zatürreeden ölmüş olarak bulundu.

Tolstoy'un Eserleri:

- *Aile Mutluluğu*
- *Anna Karenina*
- *Azap Yolları-1 İki Kızkardeş*
- *Azap Yolları-2 Yıl 1918*
- *Azap Yolları-3 Kederli Sabah*
- *Çocukluk, İlkgençlik, Gençlik*
- *Diriliş*
- *Efendi ile Uşağı*
- *Erik Çekirdeği*
- *Günlükler*
- *Hacı Murat*
- *Hz. Muhammed*
- *İvan İlyiç'in Ölümü*
- *Kazaklar*
- *Kroyçer Sonat*
- *Küçük Şeytan*

- *Polikuşka*
- *Sanat Nedir?*
- *Savaş ve Barış*
- *Sivastopol*
- *Tolstoy'dan Ruha Dokunan Düşünceler*
- *Üç Ölüm*

Nihal Yeğinobalı, Manisa'da doğdu. Orta ve lise öğrenimini Arnavutköy Amerikan Kız Koleji'nde tamamladıktan sonra çeviri yapmaya başladı. *Genç Kızlar* adlı ilk romanı ise Vincent Ewing takma adıyla 1950'de yayınlandı. Yeğinobalı daha sonra Amerika'ya gitti. New York Eyalet Üniversitesi'nde edebiyat öğrenimi gördü. Yurda döndükten sonra çeviri yapmaya devam etti. Charles Dickens, Jane Austen, Manuel Puig ve Iris Murdoch gibi ünlü yazarların çevirmeni olarak tanındı. Yeğinobalı, sayısız klasik ve çağdaş edebiyatçıyı, romanları ve öyküleriyle dilimize kazandıran usta bir çevirmen olduğu gibi, kendi eserleri olan beş romanı ve bir de anı kitabı vardır.

Yeğinobalı'nın Eserleri:
- *Mazi Kalbimde Bir Yaradır* (Roman)
- *Genç Kızlar* (Roman)
- *Sitem* (Roman)
- *Belki Defne* (Roman)
- *Cumhuriyet Çocuğu* (Anı)
- *Gazel* (Roman)
- *Nasrettin Hoca* (çıkıyor)

Yeğinobalı'nın İmge Kitabevi Yayınları'ndaki çevirileri:
- James Morier, *İsfahan'dan İstanbul'a Hacı Baba'nın Maceraları* (İmge Kitabevi Yayınları, 2006)
- William M. Thackeray, *Gurur Dünyası* (İmge Kitabevi Yayınları, 2006)
- Jane Austen, *Kül ve Ateş* (İmge Kitabevi Yayınları, 2007, 2008, 2010)
- Oscar Wilde, *Şu Bizim Hortlak* (İmge Kitabevi Yayınları, 2007)
- Frank Baum, *Oz Büyücüsü, Zümrüt Kent* (İmge Kitabevi Yayınları, 2007)
- Lewis Carroll, *Alis Harikalar Diyarında* (İmge Kitabevi Yayınları, 2007)
- Lewis Carroll, *Alis Aynanın İçinde* (İmge Kitabevi Yayınları, 2008)
- Tolstoy, *Masallar* (İmge Kitabevi Yayınları, 2009, 2013)
- D. H. Lawrence, *Oğullar ve Sevgililer* (İmge Kitabevi Yayınları, 2011)
- Carlo Collodi, *Pinokyo* (İmge Kitabevi Yayınları, 2011)
- Turgenyev, *Babalar ve Oğullar* (İmge Kitabevi Yayınları, 2013)
- Emily Brontë, *Uğultulu Tepeler* (İmge Kitabevi Yayınları, 2013)
- Wilkie Collins, *Beyazlı Kadın* (İmge Kitabevi Yayınları, 2013)
- Mihail Şolohov, *Uyandırılmış Toprak* (İmge Kitabevi Yayınları, çıkıyor)
- Mihail Şolohov, *Don Kıyısında Hasat* (İmge Kitabevi Yayınları, çıkıyor)

TOLSTOY

Masallar

İMGE ÇOCUK

Türkçesi
Nihal Yeğinobalı

2. Baskı

İMGE kitabevi

Tolstoy
Masallar
ISBN 978-975-533-603-9

1. Baskı: Şubat 2009
2. Baskı: Ankara, Temmuz 2013

Baskı ve Cilt
Pelin Ofset Tipo Matbaacılık San. Tic. Ltd. Şti.
İvedik Organize Matbaacılar Sitesi
558. Sok. No: 28 Yenimahalle-Ankara
Tel: (312) 395 25 80-83 • Faks: 395 25 84
www.pelinofset.com.tr
Sertifika No: 16157

İmge Kitabevi
Yayıncılık Paz. San. ve Tic. Ltd. Şti.
Konur Sok. No: 3 Kızılay 06650 Ankara
Tel: (312) 419 46 10-11 • Faks: (312) 425 29 87
İnternet: imge.com.tr • E-Posta: imge@imge.com.tr
Yayınevi Sertifika No: 11546

İçindekiler

Kral ile Çoban

Evvel zaman içinde kralın biri hastalanmıştı.

"Beni iyileştirebilene mülkümün yarısını vereceğim," dedi.

Ülkenin bilginleri ile hekimleri baş başa vererek kralı iyileştirmenin yollarını aradılar. Ama hiçbir çare bulamadılar. Derken uzaklardan gelen bir bilge şöyle öğütledi:

"Mutlu bir adam arayıp bulun, mutlu adamın gömleğini krala giydirin, kral iyileşecektir."

Ülkenin dört bir yanına haberciler salındı. Hepsi de ülkeyi karış karış dolaştıysalar da mutlu bir adam bulamadılar. Şöyle, yaşamından bütünüyle hoşnut olan biri yoktu. Kimi varsıl ama hastalıklı, kimi gürbüz ama yoksuldu. Kimi işinden gücünden, kimi karısından kocasından ya da çocuklarından yaka silkiyordu. Kısacası herkesin yakınacak bir derdi vardı.

Kralın son habercisi de artık eli boş, başarısız, saraya dönmek üzereydi. Son gece yolda ufak bir köy evinin önünden geçerken içeriden birinin dua ettiğini duydu.

"Tanrım, sana çok şükür," diyordu ses. "İşimi hakkıyla yerine getirdim, karnımı doyurdum. Artık rahatça yatıp uyuyabilirim. Çok şükür, hiçbir şeyim eksik değil."

Haberci hemen koştu, duyduklarını kralın oğluna anlattı. Kralın oğlu çok sevindi bu habere.

"Hemen gidip o adamın gömleğini alın, kral babama giydirin, adama da bir kese altın verin," dedi.

Haberciler hemen o küçük eve koştular. Orada oturan mutlu adam bir çobandı. Ve öylesine yoksuldu ki gömleği yoktu.

(1872)

Miras ve Eşitlik

Çok zengin bir tüccarın iki oğlu vardı. Tüccar en çok büyük oğlunu sevdiğinden bütün mirasını ona bırakmak niyetindeydi. Karısıysa küçük oğluna acıdığından, kocasına,

"Bu niyetini sakın çocuklara söyleme," diye yalvardı.

Ne yapıp edip miras konusunda bir eşitlik sağlamak istiyordu. Kocası onun bu isteğine boyun eğdi, oğullarına mirasının sözünü etmedi.

Günlerden bir gün tüccarın karısı pencere başında oturmuş usul usul ağlamaktayken yoldan bir yolcu geçti. Pencereye yaklaşarak,

"Neden ağlıyorsun, hanım kardeş?" diye sordu.

"Ben ağlamayayım da kimler ağlasın?" dedi kadın. "İki oğlum var, iki gözümün iki bebeği. Birini ötekinden ayrı tutamam. Oysa kocam aklına koymuş, mirasını büyük oğlumuza bırakacak, küçüğe de hiçbir şey bırakmayacakmış. Bu kararını çocuklara söylemesin diye yalvardım. Küçük oğlum için bir şeyler yapmak istiyorum ama hiçbir çıkar yol düşünemiyorum. Benim kendi param da yok. İşte bu yüzden karalar bağlıyorum."

Yabancı yolcu o zaman, "Hanım kardeş, boşuna üzülüyorsun," dedi. "Senin derdinin çözümü basit. Git, büyük oğluna, mirasın ona kalacağını haber ver. Küçük oğluna da ona hiç miras kalmayacağını haber ver. O zaman eşit olacaklardır."

Kadın yabancının sözünü dinleyerek çocuklarına gerçeği söyledi:

Babasından kendine hiçbir şey kalmayacağını öğrenen küçük oğul yabancı bir ülkeye giderek bir sanat öğrendi, çıraklığını tamamlayarak usta çıktı.

Büyük oğul günün birinde nasılsa zengin olacağını bildiğinden evinde kaldı ve kendini hiçbir şekilde yetiştirmek zahmetine katlanmadı.

Babaları öldüğü zaman büyük oğul, onun işini nasıl yöneteceğini bilemedi. Yabancı diyarda alın teriyle çalışıp zengin olan küçük kardeşi ise onun kısa zamanda mirası tüketip yoksullaştığını duyunca hemen yardımına koştu.

Böylece eşit oldular.

(1872)

Hıyar Tarlasındaki Köylü

Köylünün biri çok yoksul düşmüştü. Bir gece bir sebze bahçesine girerek bir sürü hıyar çalıp çuvala doldurdu. İçinden,

"Şimdi kent pazarına gider, bu hıyarları güzel paraya satarım," diye toz pembe düşler kurmaya başladı. "O parayla semiz bir tavuk alırım. Tavuk yumurtlayınca kuluçkaya yatırırım. Civcivler büyür, her biri semiz birer tavuk olur. Onları satıp paralarıyla bir yavru domuz alırım. Domuz büyür, yavrular, böylece üç beş tane domuzum olur. Ben de onları güzel paraya satarım. Onların parasıyla bir kısrak alırım kendime. Kısrak bir tay doğurur. Onları da satarım. Paralarıyla kendime bahçeli, küçük bir ev yaptırırım. Bahçeyi ekerim."

Hırsız şimdi öylesine keyiflenmişti ki kendi kendine, "Ama ben hıyarlarımı kimseye çaldırtmam," diye mırıldandı. "O kadar enayi miyim ben? Bahçemin başına şöyle izbandut bir bekçi dikerim. Bekçiyi de rahat bırakmam ha! Arada bir, (Hey, bekçi, orada mısın?) diye bağırırım."

Ama hırsız burada, kendini kaybederek gerçekten bağırmıştı.

Bu sesi duyan bekçi koşup geldi, hırsızı suçüstü yakaladı. Hıyar çuvalı ile birlikte onu karakola götürdü. Hırsız içinden acı acı, "Oh olsun sana, avanak!" diye düşünüyordu. "İnsan hırsızlık yaparken bekçiyi çağıracak kadar kendini unutursa sonu bu olur!"

(1872)

Nine ile Kurt

Aç bir kurt kendine av aramaya çıkmıştı. Küçük bir köyün dışındaki bir kulübenin içinde bir çocuğun ağlamakta olduğunu duydu. Derken çocuğu paylayan ninenin sesini duydu.

Nine, "Şu zırlamanı hemen kesmezsen seni kurtlara yediririm!" diyordu.

Bunu duyan kurt pek sevindi. İşte aradığı avı bulmuştu! Kulübenin köşesine oturdu; yaramaz çocuğu kendine atsınlar diye beklemeye koyuldu. Akşam oldu kurt hâlâ beklemekteydi. Derken çocuk gene ağlamaya başladı.

Kurt ağzının suları akarak onu yalayıp yutmaya hazırlandı, kapıya iyice yaklaştı.

Tam o sırada içeriden ninenin sesi geldi:

"Sus be yavrum," diyordu nine. "Hiç ben güzel oğlumu kurtlara yedirir miyim? Şaka söyledim sana. Hele bir kurt çıkıp gelmeye kalksın, bak ben nasıl öldürürüm onu. Ben yavrumu kurda yem eder miyim hiç?"

Dışarıda bekleyen kurt, "Bu köydekilerin de bir dedikleri öbürünü tutmuyor," diye acı acı geçirdi içinden. "Sözlerine güvenilmez kişiler oldukları besbelli. Bana burada iş yok. Hadi bakalım, yolcu yolunda gerek."

Ve aç kurt, tutarsız bir söze kanarak akşama kadar boş yere beklediğine kıza söylene oradan uzaklaştı...

(1872)

Köylü ile Pırlanta

Evvel zaman içinde bir köylü ormanda çok değerli bir pırlanta bulmuştu. Bunu zamanın Çarına götürmeye karar verdi. Saraya varınca ilk rastladığı uşağa,

"Çarın huzuruna nasıl çıkabilirim?" diye sordu.

Uşak, "Çarla ne işin var?" dedi.

Köylü işini anlatınca, uşak, "Ben seni Çarın huzuruna çıkartırım, ama pırlantaya karşılık aldığın ödülün yarısını bana vereceksin," dedi.

Köylü buna razı olunca uşak da onu Çarın karşısına çıkardı. Çar pırlantayı köylüden aldı.

"Bu çok değerli bir taş," dedi. "Bulup bana getirdiğin için ödül olarak ne istersin?"

Köylü, "Bana elli sopa atın," diye karşılık verdi. "İstediğim tek ödül budur."

"O nasıl şey öyle?" dedi Çar şaşkın şaşkın.

Köylü, "Haşmetlim, beni huzurunuza çıkartan uşağınız karşılık olarak ödülümün yarısını istiyor," diye anlattı. "Onunla paylaşmak istediğim tek ödül de bu olabilir."

Çar kahkahalarla gülerek, "Haklısın, oğul!" dedi. "Sarayımda rüşvet çamurunu ben de istemem. Senin ödülünü olduğu gibi bu ahlaksız uşağa vereceğim. Al sana da bir kese altın."

Dürüst köylü altın kesesini koynuna sokup oradan uzaklaşırken Çarın,

"Şu rüşvetçi uşağı falakaya yatırın," diye komut verdiğini duyarak bıyık altından gülümsedi.

(1872)

Namuslu Bir Yargıç

Evvel zaman içinde Cezayir'in bir kentinde doğruluğuyla ünlü bir yargıç yaşarmış. Bu yargıç doğru ile eğriyi o saat ayırt edermiş. Hiçbir suçlu onun elinden kurtulamaz, suçunu gizleyemezmiş.

Gel zaman, git zaman Kral Baukas da bu doğruluk simgesi yargıcın ününü duymuş. "Bu örnek insan için söylenenler bakalım doğru mu?" diye kılık değiştirerek yola çıkmış, yargıcın bulunduğu kente varmış.

At sırtında kente gireceği sırada bir dilenci Baukas'a yaklaşmış, sadaka dilenmiş. Baukas dilenciye para vererek atını sürecekken dilenci onu engellemiş.

Kral, "Ne istiyorsun?" demiş. "İşte, para verdim ya sana."

Sakat bir adam olan dilenci, "İyi yürekli bayım, bana bir yardımda daha bulunun," demiş. "Atınızın sırtında kent meydanına götürün beni. Yoksa develer ile atların ayakları altında çiğnenip öleceğim."

Baukas sakat dilenciyi atının terkisine bindirmiş, kent meydanına gitmişler. Gel gör ki dilenci attan inmemiş.

Baukas, "İşte kent meydanına geldik, neden inmezsin?" diye dilenciye sormuş.

Dilenci, "Ne diye ineyim?" diye gülmüş. "Bu at aslında benim."

"Ne demek, senin?"

Arsız dilenci, "Yadsıyor musun yoksa?" diye diklenmiş. "Bu atın gerçek sahibi sen değilsin; benim. Eğer bunu yadsıyorsan mahkemeye gidip yargıç karşısına çıkalım."

Kavgayı duyan ahali atın başına üşüşmüş:

"Hemen yargıcın karşısına çıkın. O zaman hak yerini bulur," demişler.

Böylece Baukas ile dilenci yargıcın huzuruna çıkmışlar. Huzurda başka davacılar da olduğundan Baukas ile dilenci kendi sıralarını beklemişler.

Yargıç önce bir yazmanla çiftçinin davasına bakmış. Davanın konusu bir kadınmış, iki adam da, "Bu kadın benim karım," diyorlarmış. Yargıç onları dinledikten sonra bir an düşünmüş ve,

"Sizler gidin," demiş. "Yarın önce kadını yollayın buraya, sonra da siz gelin."

Yazman ile çiftçi gittikten sonra yargıcın karşısına bir kasap ile bir yağ tüccarı çıkmışlar. Kasabın üstü başı kan lekeleri içindeymiş. Tüccarın ise üstüne başına zeytinyağı bulaşmış durumdaymış. Kasap elinde bir avuç para tutuyormuş. Tüccar da sımsıkı kasabın bileğine yapışmış, bırakmazmış.

Kasap, "Bu adamdan zeytinyağı alıyordum," diye yakınmış. "Borcumu ödemek için kesemi açıp paramı çıkardığım zaman hemen atıldı, paramı kapmaya çalıştı. İşte bu durumda sizin karşınıza çıktık. Gördüğünüz gibi param hâlâ elimde; o da benim bileğimi kavramış, parayı zorla kapmaya yelteniyor."

Tüccar, "Yalan söylüyor, efendim," diye konuşmuş. "Bu adam bana yağ almaya geldi. Testisine yağ doldurdum. O zaman bir altın çıkardı, bozdurmak istediğini söyledi. Paranın üstünü saydığım sırada kaptı, kaçmaya çalıştı. Ben de onu yakaladığım gibi işte sizin karşınıza çıkardım."

Yargıç bir an sessizlik içinde iki adamı süzmüş, sonra, "Parayı buraya bırakın yarın gelin," demiş.

Sıra gelmiş kral ile dilenciye. Baukas olayı baştan sona anlatmış. Sonra da dilenci söz alarak,

"Yabancı yalan söylüyor, efendimiz," demiş. "Kentin kapısında karşılaştık. Yorgun olduğunu söyleyerek atımın terkisine bindi, ama meydana geldiğimiz zaman inmemekte direndi. İlle de, at benimdir, diye tutturdu. Sakatlığımdan yararlanarak ata el koymak istiyordu. Bu yüzden onu huzurunuza çıkardım."

Yargıç bir süre düşündükten sonra, "Atı burada bırakın, sizler de yarın sabah gelin, kararımı bildireyim," demiş.

Ertesi sabah davacılar, davalılar ve bir sürü dinleyici, yargıcın kararlarını dinlemek için mahkeme salonuna doluşmuşlar.

Huzura önce yazman ile çiftçi çıkmış. Yargıç yazmana dönerek,

"Sen karını al, git," demiş. "Çiftçi, suçlu sensin, elli değnek yiyeceksin!"

Derken kasap ile yağ tüccarı huzura çıkmışlar. Yargıç kasaba,

"Paranı al, sen doğruyu söylemişsin," demiş. "Tüccar elli değnek ceza yiyecek!"

Sıra Bauakas ile dilenciye gelmiş.

Yargıç, krala, "Yirmi atın arasından kendininkini seçebilir misin?" diye sormuş.

"Elbet."

Yargıç bu kez dilenciye dönerek, "Ya sen?" diye sormuş.

Dilenci de, "Elbet," demiş.

Yargıç önce Bauakas'a, "Benimle gel," demiş.

Birlikte ahıra gitmişler. Kral oradaki tüm atların arasından kendininkini hemen seçmiş.

Yargıç bu kez dilenciye, "Benimle gel," demiş.

Onu da ahıra götürmüş. Dilenci kralın atını tanıyarak işaret etmiş.

Mahkemeye döndüklerinde yargıç, Bauakas'a dönerek, "Atını al git," demiş. "Sahibi sensin. Bu adam da ceza olarak elli değnek yiyecek."

Bauakas avluda beklemiş. Yargıç evine gitmek üzere dışarı çıktığında Bauakas, onun yanına yanaşmış.

"Ne istiyorsun?" demiş yargıç. "Verdiğim karardan hoşnut kalmadın mı?"

"Kalmaz olur muyum, Sayın Yargıç? Ama bütün bu kararlara nasıl vardığınızı bilmek istiyorum. O kadının yazmanın karısı olduğunu; paranın kasaba; atın bana ait olduğunu nasıl bildiniz?"

"Aslında çok basit," demiş yargıç. "Kadını çağırttım, mürekkep hokkamı doldurmasını istedim ondan. Hiç duraksamadan yaptı bu işi.

Hem de elinin yatkın olduğu belliydi. Demek bu işi yapmaya alışıktı. Oysa kadın bir çiftçi karısı olsa mürekkep hokkasının ne demek olduğunu bile bilmeyebilirdi. Demek ki bu davada yazman haklıydı; çiftçi yalan söylüyordu.

"Ya kasap ile tüccar?"

"Onların bana verdikleri parayı bir tas suyun içine koydum. Gördüğünüz gibi tüccar yağa bulanmış durumdaydı. Para onun avucundan alındıysa kesinkes yağlı olacaktı. Sabahleyin paranın durduğu su tasına baktım, bakalım suyun yüzünde hiç yağ var mı diye. Ama bir zerre bile yoktu. Demek para kasaba aitti. Tüccar yalancıydı."

"Peki benim atım?"

Yargıç, "Atın kime ait olduğunu saptamak daha zor bir sorundu. Ahıra gittiğimiz zaman atı ikinizin de tanıyacağını biliyordum. Buna göre karar veremezdim. Ben de kararımı, sizin atı tanımanıza göre değil, atın sizi tanımasına göre verdim."

"Atın bizi tanıması mı?"

"Evet. Ahıra gidip ata yaklaştığımızda, at boynunu size doğru uzattı, tatlı tatlı kişnedi. Sakat adamı gördüğü zaman kulaklarını yatırıp bir ayağını hoşnutsuzlukla kaldırdı. Demek sizi tanıyor, öteki adamı ise tanımıyormuş. Böylece atın gerçek sahibinin siz olduğunuza karar verdim."

O zaman kral yargıca, "Ben sıradan bir yolcu değil, kılık değiştirmiş olarak gezen Kral Bauakas'ım," demiş. "Doğruluğunun, bilginliğinin ünü ta benim sarayıma dek ulaştı. Seni kendi gözümle görmeye geldim. Gerçekten bilge, haksever bir yargıçsın. Sana bir ödül vermek istiyorum. Dile benden ne dilersen."

Yargıç, "Sağ olun, Haşmetlim, ama ben ödül istemem," diye karşılık vermiş. "Kralımın övgüsü bana yeter de artar bile. Doğruluk kişinin en büyük ödülüdür."

(1872)

Tahıl Ambarındaki Sıçan

Küçük bir sıçan bir tahıl ambarının altındaki yuvasında yaşarmış. Tepede minicik bir delik varmış. Buradan aşağıya tane tane hububat süzülür, sıçan da bunlarla karnını doyurarak gül gibi yaşarmış.

Derken sıçancığın içinden arkadaşlarına çalım satmak gelmiş. Bu rahat ve bol yaşantısına herkes özensin istiyormuş. Tavandaki deliği hafifçe büyülterek bir sürü konuk çağırmış.

"Buyrun, işte size mükemmel bir şölen. Yiyebildiğinizce yiyin," demiş.

Konuklar pek hoşnut kalmışlar. Sıçanın zenginliğine, sofrasının bolluğuna pek imrenmişler. Sıçan da bir başka "şölen" daha düzenleyip başka dostlarını çağırmış. İyice gösteriş yapabilmek için tavandaki deliği biraz daha genişletmiş.

Ama tam konukları geldiği zaman, bizim sıçan bir de ne görsün? Delik tıkalı değil mi!...

Deliği küçükken fark etmeyen yukarıdaki çiftçi, delik genişleyince farkına vararak tıkamış, sıçancık da açgözlü ve kibirli olmanın cezasını çekmiş.

(1872)

Ördek ile Ay

Ördek ırmakta yüzerek balık tutmaya çalışıyordu. Bütün gün yüzdü durdu, ama bir tane bile balık bulamadı.

Ördekçik geceleyin gene balığa çıktı. Ay vardı, ışınları suya vuruyordu. Ördeği suda alaya aldılar.

Ördek bu alaylardan öyle utandı, öyle utandı ki kendine olan güvenini yitirdi. O günden sonra gerçekten balık görse bile, "Benimle alay edecekler," diye korkusundan dalıp balığı tutamaz oldu.

Başkalarının yargısına gereğinden çok önem veren, kendi aklına güvenmeyen şaşkın ördekçik bir süre sonra açlıktan sizlere ömür...

Okumuş Evlat

Çiftçi, oğlunu büyük kente okula yollamıştı. Bir süre sonra oğul çiftliğe döndü. Babası, "Bugün ekin biçiyoruz," dedi. "Orağını al da gel, bana yardım et."

Ama delikanlı tembel ve kibirli biri olup çıkmıştı.

"Ben artık okumuş bir insanım; böyle köy işlerini çoktan unuttum," diye burun kıvırdı. "Sahi, babacığım, orak nedir? Orak denen şeyin ne olduğunu bile unuttum ben!"

Babası oğlunun bu saçma, kibirli ve özenti tutumunu çok kınamakla birlikte ses etmedi.

Delikanlı eline bir kitap alarak tarladaki büyük ağacın altında okumak üzere yürümeye başladı. O sırada otların arasında bir şey ayağına takıldı. Delikanlı tepetaklak yere yuvarlandı. Kendini düşürmüş olan nesneye bakarak öfkeyle.

"Dünyada ne dikkatsiz insanlar var!" diye söylendi. "Şu orağı da kim unutmuş böyle ayak altında, otların arasında?"

(1872)

İki Kardeş

İki erkek kardeş birlikte bir yolculuğa çıkmışlardı. Öğle üzeri bir ormanda, ağaçların altında yatıp dinlendiler. Uyuyakalmışlardı. Bir süre sonra uyandıkları zaman yanı başlarında üstü yazılı bir taş gördüler. Taşın üstündeki yazıyı sökmeye çalıştılar. Yazıda şöyle deniliyordu:

"Bu yazıyı okuyan, tan ağarırken dosdoğru ormanın içine girsin. Karşısına bir ırmak çıkacaktır, ırmağı yüzerek geçsin. Orada bir dişi ayı ile yavrularını görecektir. Yavruları dişi ayıdan alarak, hiç arkasına bakmaksızın yokuş yukarı koşsun. Tepede bir ev görecek ve mutluluğu bu evde bulacaktır."

Bu yazıyı okudukları zaman kardeşlerin küçüğü dedi ki:

"Hadi, gidelim. Yazıda denilenleri yapıp birlikte mutluluğa kavuşalım."

Ağabey, "Benim ormana gidip ırmaklarda yüzmek, ayı yavruları çalmak gibi bir niyetim yok," diye yanıtladı. "Bunları senin de yapmamanı öğütlerim. Birincisi, bu yazıyı doğru söküp sökmediğimizi bilemeyiz. İkincisi, ciddiye alınıp alınmayacağını bilemeyiz. Belki densizin biri yolculara tatsız bir şaka olsun diye yazmıştır bunu. Üçüncüsü, ormana girip ırmağı ararken akşam olduğunu varsay. Karanlıkta yolumuzu şaşırırız. Tut ki ırmağı bulduk; yüzerek geçip geçemeyeceğimizi nereden biliyoruz? Belki çok geniştir, belki akıntı vardır. Gene de yüzüp geçtik, diyelim. Dişi ayıyı da bulduk, diyelim. Bir ananın elinden yavrularını almak kolay iş mi? Ana ayı bizi o saat parçalar. Hadi, yavruları alabildik, diyelim. Yokuş yukarı hiç durup dinlenmeden nasıl koşacağız? Durduğumuz anda ana ayı peşimizden yetişmeyecek mi? Bu tehlikeyi de savuşturduk, diyelim. Tepedeki evde nasıl bir mutluluk bulacağımızı bilmiyoruz ki! Orada bekleyen mutluluk hiç de bize göre bir şey olmayabilir."

Küçük kardeş ağabeyini can kulağıyla dinledikten sonra, "Bana kalırsa yanlış düşünüyorsun, ağabeyciğim," dedi. "Bu yazı taşın üzerine laf olsun diye yazılmış olamaz. Şansımızı bir denemekten hiç zarar gelmez. Baktık ki yazıdakiler gerçeğe uymuyor, kendimizi tehlikeye atmadan döneriz. Oysa şimdi bu yazıya kulak asmadan geçersek başka birileri gelip yazıyı okurlar. Biz gidip mutluluğa adım atmazsak hiçbir zaman ilerleyemeyiz, hep yerimizde sayarız. Başarıya ulaşmak için gözü pek ve atılgan olmamız şart."

Ağabey, "Unutma, kardeşim," diye yanıtladı. "Bir atasözü, *Dimyat'a pirince giderken eldeki bulgurdan olma,* der. Büyük düşler peşinde koşarken eldeki küçük mutlulukları yitirmek tehlikesi her zaman vardır."

Küçük kardeş, "Başka bir özdeyiş de, *At binenin, kılıç kuşananın,* der," diye ağabeyine karşılık verir. "Yani mutluluk ve başarı, onlara sahip çıkana gelirler. *İşleyen demir ışıldar,* demişler. Demek ki işlemeyen pas tutar. *Yuvarlanan taş yosun tutmaz,* demişler, demek ki yerliyerinde duran taş yosun tutar. Atılgan olalım, ağabeyciğim."

Ağabey, "Sen git öyleyse, kardeşçeğizim," demiş. "Ben doğru yolumu izleyeceğim. Sen taşın dediği yolu izle."

Böylece iki kardeş ayrılıp kendi yollarına gitmişler.

Küçük kardeş gün doğarken ormanın içine dalmış. Daha beş on adım gitmeden karşısına küçük, durgun bir ırmak çıkmış. Delikanlı bunu yüzerek geçince karşı kıyıda bir dişi ayıyla yavrularının mışıl mışıl uyuduklarını görmüş. Yavruları kaptığı gibi yokuş yukarı, arkasına bakmaksızın koşarak çıkmış.

Yokuşun tepesinde bir sürü insan bekleşmekteymiş. Onu görünce saygıyla karşılamışlar.

"Sen bizim kralımızsın!" diyerek alıp saraya götürmüşler.

Genç adam tam beş yıl egemenlik sürmüş. Altıncı yılda kendisinden daha güçlü olan bir başka kral, ona karşı savaş açmış. Bizimkisi yenik düşmüş ve ülkeden kaçmış.

Yollara düşerek eski evinin yolunu tutmuş. Günlerden bir gün bir köye ulaşmış. Burada bir evin kapısını çalarak,

"Tanrı konuğunu içeri alır mısınız?" diye sormuş.

Şaşılası şey: Evin sahibi kendi ağabeyiymiş ve olduğu gibi duruyormuş. Ne eskisinden daha varsıl ne de daha yoksul. İki kardeş sevinç gözyaşlarıyla kucaklaşmışlar. Birbirlerine, hemen başlarından geçenleri anlatmaya koyulmuşlar.

Büyük kardeş, "Ben haklı çıktım," diye fikir yürütmüş. "Bak, bunca yıldır sakin, rahat bir yaşantı sürdüm. İşte sen de döndün, dolaştın, başladığın yere geldin."

Küçük kardeş, "Ama ben orada yıllarca krallık ettim," demiş. "Güzel anılar kimi zaman elmaslardan daha değerlidir. Bundan böyle basit bir yaşam sürsem bile geçirdiğim o şahane yılların anısını benden kimse kopartıp alamaz."

Tilki ile Fil

Tilkiler ormandaki bütün avları yakalayıp yutmuşlardı; kıtlık ve açlık çekiyorlardı. Derken içlerinden en kurnazı bir oyun tasarladı:

"Ben size büyük bir yiyecek kaynağı sağlayacağım," dedi arkadaşlarına.

Filin karşısına geçerek konuştu:

"Bir kralımız vardı, ama şımardı, bizden yapılması olanaksız şeyler istemeye başladı. Biz de kendimize yeni bir kral seçmeye karar verdik. Arkadaşlarım bu iş için sizi uygun buldular. Beni elçi olarak yolladılar. Kralımız olur musunuz? Peki, derseniz pişman olmazsınız, çünkü biz krallarımızı çok sayarız, tüm buyruklarını yerine getiririz. Haydi, sarayınıza buyurun."

Fil, "Sizin kralınız olmayı kabul ediyorum," dedi.

Yola düzüldüler. Tilki fili bataklığa sürükledi, fil çok geçmeden çamura battı.

Tilki, "Ne istediğinizi söyleyin, Haşmetlim," dedi. "Tüm buyruklarınızı yerine getirmeye hazırım."

Fil, "Öyleyse beni şu bataktan kurtarmanı buyuruyorum," dedi.

Tilki gülerek, "Hortumunuzla kuyruğuma tutunun, sizi hemen çekip çıkartayım," dedi.

Fil, "Kuyruğunun gücüyle beni bataklıktan çekip çıkarman olası mı?" diye sordu.

Tilki, "Neden olmayacak bir şey istediniz öyleyse benden?" diye yanıtladı. "Ben size demedim mi, bundan önceki kralımızı da bu yüzden defettik diye? Olmayacak şeyler istiyordu bizden. Siz de onun gibisiniz. Bize kral olamazsınız."

Fil bataklığa gömülüp boğulunca tilkiler başına üşüştüler ve kendilerine tam bir şölen çektiler.

(1872)

Köylünün Güzel Karısı

Emelyan, bir çiftçinin yanında ırgat olarak çalışıyor, efendisinin evinde oturuyordu. Bir gün tarlaya giderken ayaklarının dibinden bir yeşil kurbağa sıçradı. Emelyan kurbağaya basmamak için kıyıya çekildi ve gözlerinin önünde kurbağa birden güzel bir genç kıza dönüştü. Bu öyle güzel bir kızdı ki köy delikanlısının gözleri kamaşmıştı.

Derken karşısındaki dünya güzeli kız billur gibi tatlı bir sesle konuştu:

"Emelyan, sen iyi yürekli bir insansın. Bir yeşil kurbağayı bile çiğnemek istemedin. Genç bir kızı çok mutlu edebilirsin. Neden evlenmiyorsun?"

Emelyan acı acı güldü:

"Ben kim, evlenmek kim? Parasız pulsuz bir ırgatla hangi kız evlenir?"

"Ben evlenirim," dedi güzeller güzeli kız. "Beni istersen sana hemen varırım."

Emelyan sevincinden nerdeyse zil takıp oynayacaktı.

"Senin gibi kızı kim istemez? Ama evlenirsek nerede otururuz ki? Benim evim bile yok!"

"Tasalandığın şeye bak! Biraz daha az uyur, biraz daha çok çalışırsan her istediğini elde edebilirsin."

"Nasıl olur böyle bir şey?"

Dilber kız, "Bana inanmakla olur," dedi.

"Peki öyleyse. Sen nasıl dersen öyle olsun."

Kız, "Oldu," dedi. "Şimdi hemen kente gidelim."

Birlikte yola düzüldüler. Kız önde, Emelyan arkada yürüye yürüye kentin hemen dışındaki bir kulübeye geldiler.

Kız, "İşte evimiz," dedi.

Gidip nikâh kıydırdılar, sonra kulübelerine yerleşip sevgi ve mutluluk içinde yaşamaya başladılar...

Günlerden bir gün ülkenin Çarı ormana avlanmaya gidiyordu. Herkes gibi Emelyan'ın karısı da onu görmek için pencereye koştu. Çar da genç kadını gördü ve bu güzelliğin karşısında gözleri kamaştı.

İçinden, "Böylesine bir dilber nereden gelmiş olabilir?" diye düşündü. "Ülkemde böyle bir pırlanta varmış da benim neden haberim olmamış?"

Arabasını durdurtup Emelyan'ın karısını çağırttı.

"Sen kimsin, güzel kadın?" diye sordu. "Senin gibi güzel bir kız bir köylünün yanına yaraşır mı? Benim gibi krallara layıksın sen."

Genç kadın, "Beni övdüğünüz için sağ olun, ama ben köylü eşi olmaktan hoşnutum," diye yanıtladı. Kocamı seviyorum."

Çar oradan ayrıldı, ama güzel kadını bir türlü unutamıyordu. Onu düşünmekten o gece gözüne uyku girmedi. Kadını köylü kocanın elinden alabilmenin yollarını düşündü, ama bir Çarın şanına yakışacak hiçbir çare bulamıyordu.

Ertesi sabah danışmanını çağırttı, durumu anlattı ve ondan bir çıkar yol bulmasını istedi. Danışmanı düşünüp taşındıktan sonra,

"Emelyan'ı saraya işçi olarak alın," dedi. "Biz ona en ağır işleri verir, sabahtan akşama dek kıyasıya çalıştırırız. Sade su ve ekmekle besleriz. Çok geçmeden Emelyan ölür, karısı dul kalır, siz de onu saraya aldırtırsınız."

Çar, "İyi fikir," dedi.

Böylece Çarın adamları Emelyan'ın kapısına gittiler.

"Haşmetli Çar seni işçi olarak tuttu," dediler. "Karınla birlikte sarayda oturmanı istiyor."

Emelyan'ın karısı, "Git, sevgili eşim, Haşmetli Çarın verdiği işleri yap," dedi. "Ama ben saraya gitmeyeceğim. Benim evim burası. Sen de verilen işi bitirdikten sonra buraya, evine dön."

Emelyan saraya gidince Çarın danışmanı, "Karını neden getirmedin?" diye sordu.

"Ne diye getireyim? Biz evsiz ocaksız değiliz ki! Bana vereceğiniz işi bitirdikten sonra ben de evime döneceğim."

Danışman ile Çar, şimdilik köylünün üstüne gitmemeye karar verdiler. Emelyan'a iki işçinin bile kolay bitiremiyeceği kadar ağır işler verdiler. Zavallı genç köylü bu görevin altından kalkamayacağını anlamıştı. Umutsuzluk içinde çalışmaya başladı. Ama gizli bir güç pazularını şişirmiş, sırtını dikleştirmişti. Verilen işleri çarçabuk yapıp bitirdi.

Bunu gören ustabaşı, danışmanın buyruğu üzerine ertesi sabah Emelyan'a dört katı iş yükledi.

Emelyan evine dönünce her şeyi dirlik düzenlik içinde buldu. Karısı evi güller gibi temizleyip süslemiş, fırında mis gibi ekmek yapmış, aşı pişirmiş, tezgâhının başında dokuma yapmaktaydı. Hemen sofrayı kurdu, yemek yedikleri sırada da kocasına işinin nasıl geçtiğini sordu.

"Kötü," dedi genç köylü. "Gücümün yetmeyeceği kadar ağır iş veriyorlar. Bu gidişle beni yorgunluktan öldürecekler."

Karısı, "Bir şeycik yapamazlar," dedi. "Çalışırken yaptığın işi düşünme bile. Bitiyor mu, ne kadar kaldı, diye arkana ya da önüne bakma. Sadece çalışmana bak, işin zamanında bitecektir."

Emelyan bir rahat uyku çekti, sabaha gene işe gitti. Bütün gün arkasına, önüne bakmadan çalıştı. İşi gerçekten de zamanında bitirdi. Gece olmadan evine döndü.

Emelyan verdikleri işi her seferinde dört, beş kat artırdıkları halde gene saati saatine bitiriyor, akşam üzeri de mutlu yuvasına, güzel karısına dönüyordu.

Aradan böyle bir hafta geçti. Çarın adamları genç köylüyü ağır işle yıldıramayacaklarını anladılar. Bu kez ona hüner, bilgi, ustalık isteyen işler yüklemeye başladılar. Ama bu bile sökmedi. Verilen iş ne olursa olsun; marangozluk, badanacılık, boyacılık, bahçıvanlık... Emelyan hepsinin üstesinden geliyor, dağ kadar işi saati saatine bitiriyordu. Her gece karanlık çökmeden de evine dönebiliyordu.

Bir hafta daha geçti. O zaman Çar adamlarını çağırdı.

"Boşuna mı besliyorum ben sizi?" diye çıkıştı onlara. "Aradan iki hafta geçti, hiçbir şey beceremediniz! Hani herifi ağır işler altında ezip pestilini çıkaracaktınız? Adam her gün dinçleşiyor sanki. Akşamları evine dönerken şarkılar söylediğini duyuyorum. Siz beni enayi yerine mi koymaya çalışıyorsunuz?"

Çarın adamları kendilerini savunmaya koyuldular:

"Haşmetlim, onu ağır işler altında ezmek, suyunu çıkarmak için elimizden geleni yaptık. Ama hepsini beceriyor. Büyü mü yapıyor ne! Elinden gelmeyen yok! En zor işi bile göz açıp kapayana dek başarıyor. Bu işin içinde bir iş var. Ya Emelyan ya da karısı kesinkes büyü yapıyorlar. Biz de usandık, bezdik bu durumdan."

Çar, "Bezmekle olmaz, bir çıkar yolunu bulun," dedi.

"Bulduk sanıyoruz, efendim."

"Nasıl bir şey?"

"Emelyan'a bir günde büyük bir kiliseyi yapıp bitirmesini buyuracağız. Daha doğrusu siz kendiniz buyuracaksınız bunu. Böyle bir şeyi kesinlikle yapamayacağını siz de kestirebilirsiniz. Böylelikle, verdiğiniz işi zamanında bitirmedi diye kellesini uçurmak fırsatını ele geçirmiş olacaksınız."

Çar, Emelyan'ı ertesi sabah huzuruna çağırdı.

"Beni iyi dinle, Emelyan, sarayımın karşısında büyük, görkemli bir katedral yapmanı ve bunu bir günde bitirmeni istiyorum. Başarırsan ödüllendirileceksin. Yok, başaramazsan ölümlerden ölüm beğen."

Emelyan, Çara karşı bir şey belli etmedi, ama ağlamaklı bir halde evine döndü. İçinden, "Son saatim yaklaştı," diye kara kara düşünüyordu.

Eve varınca, "Sevgili karıcığım, hazırlan, buradan kaçıyoruz," dedi. "Neden bilmem, ama bu adamlar benim canıma kastetmişler. Burada kalırsak işimiz bitik. İyisi mi hemen pılımızı pırtımızı toplayıp gidelim."

Güzel karısıysa hiç kılını kıpırdatmadan, "Niçin böyle korkuyorsun? Neden kaçacakmışız?" diye sordu.

"Ben korkmayayım da kimler korksun? Çar bana tek bir günde bir katedral kurmamı buyurdu. Bitiremezsem kellemi uçuracak. Başka çıkar yolumuz yok, kaçmalıyız."

Ama karısı kaçmanın sözünü bile ettirmedi:

"Çarın askerleri sayısız, gücü sınırsızdır. Nereye kaçsak bizi bulur. Onun buyruğuna boyun eğmelisin, başka çare yok."

"Ama nasıl boyun eğerim? Benim gücümü aşan bir şey bu."

"Sevgili Emelyan, iyimser ol. Hadi yemeğini ye, yat, bir güzel uyku çek. Sabahleyin biraz erkencene kalk, her zamankinden daha çok çalış, işin zamanında bitecektir."

Güzel kadın, ertesi sabah kocasını erkenden uyandırdı:

"Çarçabuk git, katedrali bitir. Al sana bir avuç çiviyle bir de çekiç. Ama çok çabuk git."

Ortalık daha karanlıktı ve herkes uyuyordu. Emelyan koşar adımlarla saray meydanlığına gitti. Orada; sarayın tam karşısında yeni, görkemli bir katedral yükseliyordu. Hemen hemen bitmiş, pek az işi kalmıştı. Emelyan hemen koştu, eksik yerlere çiviler çakmaya başladı.

Çar uyanıp da penceresinden baktığı zaman karşısında kocaman bir katedral yükselmekte olduğunu gördü. Emelyan da elinde bir çekiç, yapının ötesine berisine çiviler çakıp durmaktaydı. Çar şaşkınlığından dilini yutacak gibi oldu. Sonra öfkeden kanı beynine sıçradı. Nasıl beceriyordu Emelyan bu işleri? Çar, onun kellesini uçurtabilmek için yeni bir yol bulmak zorundaydı.

Hemen adamlarını çağırttı:

"Görüyor musunuz, Emelyan bu işin de altından kalktı. Ona, yapamıyacağı başka bir iş bulmak zorundasınız. Çok kurnazca bir şeyler bulun bu kez, yoksa onun kellesinden önce sizin kelleler uçacak."

Çarın adamları düşündüler, taşındılar, gene çarın huzuruna çıktılar:

"Haşmetlim, Emelyan'a bir ırmak yaratmasını buyuracaksınız: Sarayı kuşatan, üstünde yelkenliler yüzen bir ırmak. Artık bu kadarını dünyada başaramaz."

Çar da bu düşüncedeydi. Hemen Emelyan'ı çağırtarak buyruğunu verdi:

"Bir günde koca katedrali bitiren bu işi haydi haydi yapar!" dedi. "Irmakla gemiler yarın sabaha hazır olsun. Yoksa kelleni uçmuş bil."

Uzun lafın kısası, Emelyan o akşam evine döndüğünde gene yüzünden düşen bin parçaydı.

Karısı, "Neden böyle tasalısın, sevgilim?" diye sordu. "Çar sana yeni bir iş mi verdi?"

"İş ki ne iş!" dedi Emelyan ve Çarın son buyruğunu anlattı.

"Artık bu kez kaçmaktan başka çaremiz yok," dedi.

"Söyledim sana: Nereye kaçsak askerler bizi bulacaklardır. Kaçamayız. Buna da boyun eğeceksin."

"Ama nasıl yapabilirim benden isteneni?"

“Sevgili Emelyan, bana güvenmesini hâlâ öğrenemedin mi? Hadi, karnını doyur, yat, bir güzel uyu. Yarın sabah her zamankinden biraz erken kalk, işin zamanında bitecektir.”

Ertesi sabah karısı Emelyan’ı erkenden uyandırarak,

“Kalk, canım, iş zamanıdır,” dedi. “Sarayın karşısındaki iskelede bir toprak yığını kaldı. Küreği al, onu yık.”

Emelyan gene sabahın alacakaranlığında, ortalıkta henüz el ayak yürümezken yola çıktı. Kentin göbeğine gelince bir de ne görsün? Sarayın çevresinde, daha dün orada olmayan bir ırmak dolanmıyor mu? Irmağın üzerinde boy boy gemiler, yelkenliler, kayıklar salınıp yüzmüyor mu!...

Sarayın karşısındaki iskeleye gitti, gördüğü bir tümseği elindeki kürekle düzeltmeye başladı.

Derken Çar uyandı. Şaşkınlığından neredeyse küçük dilini yutuyordu. Sarayın çevresinde daha dün orada olmayan bir ırmak dolanmıyor mu? Irmağın güzel mavi suları üzerinde tekneler, yelkenliler süzüm süzüm süzülmüyor mu? Çar öfkesinden küplere bindi. Emelyan'ın kellesini uçurma hevesi gene kursağında kalmıştı.

"Bu adam şeytan mıdır nedir! Yapamayacağı iş yok. Ne buyursak üstesinden geliyor. Peki, şimdi ne yapmalı?"

Adamlarını çağırttı. Baş başa verip bir düşündüler.

Çar, "Emelyan'ın yapamayacağı bir işi mutlaka bulmalısınız," diyordu. "Biraz kafanızı çalıştırın. Şimdiye kadar ne iş düşünüp buyurduysanız üstesinden geldi, hem de verdiğiniz süre içinde. Bu gidişle ne kellesini uçurabileceğiz ne de karısını elinden alabileceğiz."

İşin sonunda kendi kellelerinin elden gideceğinden korkan adamlar aralarında bütün gece konuştular. Sonunda yeni bir fikirle Çarın karşısına çıktılar.

Çar, "Söyleyin bakalım, neymiş bu yeni buluşunuz?" dedi.

"Haşmetlim, yarın Emelyan'ı huzurunuza çağırtıp ona şöyle söyleyeceksiniz: Şimdi yola çık, nereye gideceksen git, neyin nesini getireceksen getir, diye buyuracaksınız ona. Artık böyle bir buyruğu o bile dünyada yerine getiremez... Öyle ya, nereye giderse gitsin, yanlış yere gittiğini ileri sürebilirsiniz. Ne getirirse getirsin, bu olmayacaktı, başka şey getirecektin, diyebilirsiniz. Böylelikle onu öldürtebilirsiniz, güzel karısı da size kalır."

Çar bu fikre bayıldı.

"Aferin size, sonunda gerçekten parlak bir şey düşünebildiniz!" dedi.

Ertesi sabah Emelyan'ı huzuruna çağırttı:

"Şimdi yola çıkacaksın," dedi. "Nereye gidersen gideceksin, neyin nesini getireceksen getireceksin. Getirmezsen kelleni uçmuş bil."

Emelyan, iki gözü iki çeşme evine döndü, Çarın buyruğunu karısına anlattı.

Güzel kadın onun bu sözleri üzerine derin düşüncelere daldı.

Sonunda, "Bu kez adamların gözleri gerçekten açılmış," dedi. "Çok dikkatli olmalıyız yoksa bizi birbirimizden ayırabilirler."

"Peki, ne yapacağız, karıcığım?"

Emelyan'ın güzel karısı, "Bir düşüneyim, hele," dedi.

Oturup uzun uzun düşündü. Sonunda, "Uzaklarda, çok uzaklarda oturan ninemin yanına gideceksin, Emelyan," dedi. "Kendisi ülkesine yiğit askerler yetiştirmiş yiğit bir köylü kadınıdır. Yaşlıdır, ama cin gibidir. Gidip yardım dileyeceksin ondan. Ninem sana bir şey verecektir. Bu verdiği şeyi alır almaz dönüp geleceksin, saraya gidip çarın huzuruna çıkacaksın."

"Peki, sonra?"

"Sonrasını sen bana bırak, sevgilim. Ben de sarayda olacağım. Onların elinden kurtulamam artık. Ama tasalanma. Ninem bize yardım edecektir. Onun sayesinde sen de beni az zamanda kurtarabileceksin."

Sonra güzel kadın kocasının çıkınını hazırladı. Bunun yanına iplik eğirdiği küçük çıkrığı da kattı.

"Her şeyden önce bunu ver nineme. O zaman seni benim yolladığımı anlayacaktır."

Karısı, nineye ulaşmak için hangi yollardan geçmesi gerektiğini Emelyan'a anlattı. Sonra onu sevgiyle uğurladı. Emelyan yola koyuldu.

Kenti geride bıraktıktan bir süre sonra Emelyan talim yapan askerlere rasladı. Oturup hem biraz dinlendi hem de onları seyretti. Askerler talimlerini bitirdiler. Onlar da dinlenmek için oturdukları zaman Emelyan yaklaşarak,

"İyi günler, dostlarım," dedi. "Sizden bir ricam var. Nereye gidilecekse oraya nasıl gidilir, neyin nesi nasıl alınıp getirilir, biliyor musunuz?"

Askerler aval aval ona bakakaldılar. Önce onu budala filan sandılar. Ama ciddi olarak böyle bir arayış peşinde olduğunu anladıkları zaman daha da şaştılar:

"Kim saldı seni böyle olmayacak bir işin peşine?" diye sordular.

"Çar."

Askerler güldüler.

"Bizden medet umma, arkadaş. Asker ocağına düştüğümüzden bu yana bizler de nereye gidilecekse oraya gitmek için yola çıkıyor, ama bir türlü ulaşamıyoruz. Neyin nesi alınıp getirilecekse onun peşindeyiz ama bir türlü elimize geçiremiyoruz. Biz sana yardım edemeyiz."

Bunun üzerine Emelyan yola devam etti. En sonunda ninenin evini buldu.

Nine, Emelyan'ı görünce korku ve kuşkuyla yerinden fırladı.

"Sen kimsin, yabancı? Ne arıyorsun burada? Kara haber mi getirdin yoksa?"

Emelyan ona hemen küçük çıkrığı verdi.

"Torununun kocasıyım. Yardım gerek bana. Torunun bu yüzden beni sana yolladı."

Köylü nine şimdi yatışmış, yumuşamıştı. Gözyaşlarını silerek genç köylüyü içeri aldı, ne olup bittiğine ilişkin sorular sormaya başladı.

Emelyan da ona başından geçenleri bir bir anlattı: onun torunu olan güzel kızla karşılaşıp evlenmelerini, gidip kentin kıyısındaki bir eve yerleşmelerini, Çarın onu saraya çağırtıp olmayacak görevler yüklemesini, Emelyan'ın gene de bunları bir bir yapışını. Sonunda Çarın, ona,

"Nereye gideceksen git, neyi alıp getireceksen getir," diye buyuruşunu...

Onun da karısının önerisi üzerine, buraya, ondan yardım dilemeye gelişini...

Nine bütün bunları sabırla dinledikten sonra, "Hele dur bakalım," diyerek uzun uzun düşünmeye başladı. Bir yandan da başını sallayarak bir şeyler mırıldanıyordu.

Sonunda, "Anlaşılıyor ki zaman geldi," dedi. Sonra Emelyan'a döndü: "Otur da bir şeyler ye, oğul. Uzun yollardan geldin, karnın acıkmıştır."

Emelyan karnını doyurduktan sonra koca nine ona bir top verdi:

"Oğul, bu topu alıp yuvarlamaya başla, o nereye giderse sen de oraya git. Yalnız şunu bilesin ki uzun yol gideceksin. Sonunda deniz kıyısına ulaşacaksın. Burada büyük bir kent göreceksin. Gir bu kente, kentin en ucundaki eve git, konaklamak istediğini söyle. Aradığını orada bulacaksın."

"İyi, ama nereden bileceğim bunu?"

"İnsanlar analarından, babalarından daha çok neyi önemser? Bunu gördüğün gün aradığını da bulmuş olacaksın. Bunu hemen al, Çara götür. Çar sana yanlış şey getirdiğini söyleyecektir, elbet. O zaman sen de, istenilen şey bu değilse ortadan kaldıralım, dersin, bir vuruş vurursun; ırmak kıyısına gider, parçaları suya atarsın. Ondan sonra her şey yoluna girecek, sen de karına kavuşacaksın."

Emelyan, "Sağ ol, koca nine," diyerek oradan ayrıldı, topu önünde yuvarlaya yuvarlaya yola çıktı. Az gitti, uz gitti, çok uzun yollar aldı, uzak ellere vardı. Kendini deniz kıyısında buldu. Denizin kıyısında gerçekten kocaman bir kent, kentin öbür ucunda yüksek bir yapı vardı.

Emelyan gidip bu yapının kapısını çaldı, o gece orada konaklamak istediğini söyledi. Ev sahipleri onu buyur ettiler; bir oda, bir döşek gösterdiler.

Emelyan yatar yatmaz uyudu, ertesi sabah erkenden uyandı. Bir başka odada evin babasıyla oğlunun konuşmakta olduklarını duydu. Baba, "Oğlum, git de biraz odun kes," diyordu, ama oğul babasını dinlemiyordu.

"Daha çok erken. Sonra giderim," diyordu.

Derken ocak başından evin anası söze karıştı:

"Oğul, babanın sözünü dinle. Oyalanırsan geç kalırsın. Git, odun kes, getir. Şu ihtiyar yaşında baban mı kessin istiyorsun?"

Ne var ki ne ana ne de baba oğullarına söz geçirebildiler. Delikanlı şöyle bir dırıldandıktan sonra gene uykuya daldı.

Aradan birkaç dakika geçmemişti ki sokakta bir gümbürtü oldu. Bunu duyan evin oğlu hemen yataktan fırladı, çarçabuk giyindiği gibi dışarı fırladı.

Delikanlının ana baba sözünden öte önemsediği bu şey ne olabilirdi? Emelyan bunu anlamak için hemen delikanlının peşinden dışarı fırladı.

Sokakta yürüyen bir adam elinde tuttuğu bir nesneye tokmakla vurarak gümbürtü çıkartıyordu. Bu nesne kasnak gibi bir şeye gerilmiş bir deri parçasıydı. Emelyan bu nesnenin ne olduğunu sordu.

"Davuldur," dediler.

"İçi boş mu?"

"Boştur. Onun için vurulunca böyle güm güm öter."

Emelyan bu işe çok şaşmıştı.

Davulcuya, "Bunu bana verir misin?" diye sordu.

"Vermem."

Emelyan yalvarıp yakardı, ama boşuna! Davulcu davulundan vazgeçmiyordu. Emelyan da ses çıkarmadan onu izlemeye başladı. Bir süre sonra yorulan davulcu dinlenmek için yattı. Derin bir uykuya daldı. Emelyan da davulu kaptığı gibi koşarak oradan uzaklaştı.

Emelyan hiç vakit yitirmeden kendi kentine döndü. Evine koşup karısını aradı, ama karısı görünürlerde yoktu. Kendisi yola çıktıktan sonra askerler gelip genç kadını saraya götürmüşlerdi.

Emelyan da saraya giderek, "Geldiğimi Çara bildirin," dedi. "Söyleyin kendisine, gideceğim yere gittim; getireceğim şey neyse onu alıp getirdim."

Bu haberi alan Çarın canı sıkıldı. Emelyan'la uğraşmaktan bıkmıştı.

"Bugün yorgunum, yarın gelsin," dedi.

Emelyan ertesi sabah gene sarayın kapısına dikildi. Çar artık onu atlatmak için bir neden bulamayarak huzuruna kabul etti:

"Nereye gittin bakalım?"

"Deniz kıyısında büyük bir kent var, oraya gittim."

"Yanlış yere gitmişsin. Peki, ne getirdin?"

"Davul getirdim."

Çar bir kahkaha attı.

"Yanlış şey getirmişsin," diyerek adamlarını çağırmaya davrandı, ama Emelyan ona bu fırsatı vermeyerek hemen,

"Yanlış şey getirmişsem ortadan kaldırmak gerek," dedi.

Davula güm diye vurdu. Bu sesle afallayan Çar başkaca bir buyruk veremeden genç adam davulu çala çala dışarıya koştu.

Davul sesini duyan tüm askerler hemen koşarak geldiler, dizilip selam durdular ve Emelyan'ın buyruğunu beklemeye başladılar.

Penceresinden bu olup biteni seyreden Çar hem şaşmış hem de ürkmüştü. Hemen adamlarını dışarıya saldı:

"Söyleyin Emelyan'a, karısı kendisine geri verilecektir."

Bunu duyan Emelyan davul sesini kesti, biraz sonra da güzel karısı gerçekten onun yanına döndü.

Çar, ona yeniden haber saldı:

"Ben ona karısını geri verdim, karşılığında o da bana şu davulu versin."

Emelyan, "İşte bunu yapamam, çünkü davulu parçalamak için buyruk aldım," dedi.

Davulu ırmak başında parçalayarak suya attı, sonra karısını alıp yuvasına döndü.

Çar, zorbalığın sevgiye, akla ve insancıl bağlara karşı sökmeyeceğini artık anlamıştı.

Bundan sonra Emelyan'ı rahat bıraktı. O da sevgili karısıyla birlikte uzun, sakin ve mutlu bir yaşam sürdü.

(1891)

Tüccarın Para Kesesi

Çok zengin tüccarın biri günün birinde yolda para kesesini düşürmüş. Aramış aramış, bulamamış.

"Kesemin içinde 2000 *ruble* vardı; bulana 1000 rublesini ödül olarak vereceğim," diye tellal çıkartmış.

Keseyi yolda bir işçi bulmuş, tellalı duymuş, keseyi getirip tüccara vermiş. Paragöz tüccar, bir kez kesesine kavuştu ya, verdiği söze pişman olmuş. "Koskoca bin rubleyi neden bu işçi parçasına kaptırayım?" diye geçirmiş içinden. Durumdan yakasını sıyırmak için de hemen bir yalan yumurtlamış:

"Kesemde 2000 rublenin yanı sıra bir de iri elmas vardı," demiş işçiye. "Sen elması çalmışsın, bu yüzden ödülü hak etmiyorsun. Ver elması, al 1000 rubleyi."

Zengin tüccarın bu dönekliğine, yalancılığına kötü kızan işçi, "Ben parasında değilim, ama bu senin yaptığın da çok ayıp," diye yanıtlamış. "Hem sözünden dönüyorsun hem de suçu bana atıp beni hırsızlıkla suçluyorsun."

Tüccar gene yola gelmeyince iyice kafası atan işçi, yargıcın karşısına çıkıp durumu anlatmış. Neyse ki yargıç çok haksever ve bilge bir kişiymiş.

Tüccara dönerek, "Hemşerim, senin dolaştırdığın tellalı ben de duydum," demiş. "Yitirilen kesede 2000 ruble bulunduğundan söz ediyordu. Elmas da var, demiyordu. Oysa sen kesende 2000 rublenin yanı sıra bir de iri elmas bulunduğunu söylüyorsun. Demek ki bu kese senin kesen değil. Ben bunu, gerçek sahibi çıkıncaya dek yanımda saklayayım. Sen de kendi keseni yeniden arattır."

Hilesini sökmediğini anlayan, ödülü esirgeyeyim derken tüm parasından olacağını anlayan tüccar, başını önüne eğerek yalan söylediğini, kesenin kendi kesesi olduğunu kabul etmiş. Dürüst işçi de ödülüne kavuşmuş.

Köylü ile Kaz

Yoksul bir köylü günün birinde tahılsız kalmıştı. Gidip çiftlik ağasından ödünç tahıl istemeye karar verdi. Ama eli boş gitmek de istemiyordu. Kümesindeki kazlardan birini kesip kızartarak yanına aldı.

Ağa kazı alarak, "Sağ ol, var ol, köylü kardeş; çok semiz, nefis bir kazmış," dedi. "Yalnız, bu bir tek kazı nasıl bölüşeceğimizi bilemiyorum. Ben, karım, iki oğlum, iki de kızımla birlikte altı kişilik bir aileyiz. Bu bir tek kazı hakçasına nasıl bölüştürebiliriz?"

Köylü, "Korkmayın, o işi ben yaparım," dedi.

Kazı, kafasını keserek ağaya uzattı:

"Yalnızca bu evin değil, bu köyün başı da sensin, ağam, bu senin payın."

Sonra köylü kazın kuyruğunu kesti, ağanın karısına uzattı:

"Kocan işbaşındayken sen geride kalıp evi yönetiyorsun, hanım abla; bu da senin payın," dedi.

Kazın bacaklarını keserek her birini bir oğula uzattı:

"Çok yakında babanızın izinde yürüyeceksiniz, demek ki bunlar da size düşüyor."

Kazın kanatlarını da birer birer kızlara verdi:

"Sizler de evlenip yuvadan uçacağınıza göre kanatlar en çok size uygun."

Geriye kazın gövdesi, asıl yenecek yerleri kalmıştı.

Köylü kıs kıs gülerek, "Bu arta kalan önemsiz bölümü de ben alır giderim," dedi.

Ağa bu işe öyle güldü, bu cin fikirli, tatlı şakadan öyle hoşlandı ki köylünün ödünç istediği tahılı bedava verdiği gibi,

"Bundan sonra sorumlusu olduğum kimselerin böyle sıkıntılı durumlara düşmesine fırsat vermeyeceğim. Çevremdeki herkesin benim gibi bolluk içinde, rahat yaşamasını sağlayacağım," diye yemin etti.

(1872)

Tüccarın Hilesi

Biri yoksul, bir varlıklı iki tüccar vardı. Her şeye karşın bu iki tüccar çok iyi iki dosttular. Günlerden bir gün yoksul tüccar bir uzak yola gitmek zorunda kaldı. Gitmeden önce de deposundaki malların hepsini zengin arkadaşına emanet bıraktı. Bunlar hurda demirden ibaretti.

Dönüşünde zengin tüccara giderek emanet bıraktığı hurda demirleri istedi. Zenginliği oranında ahlaksız olan öteki tüccar bu arada arkadaşının hurda demirlerini satmış, parayı da kendi cebine atmıştı.

Şimdi kendisini temize çıkarmak için, "Sorma kardeş," diye sözümona üzüntüyle başını salladı. "Senin yokluğunda çok acı bir şey oldu."

"Aman çabuk söyle, neymiş bu acı şey?"

"Senin hurda demirler vardı ya!..."

Yoksul tüccar telaşlanarak, "Evet?" diye sordu. Kaygıdan soluğu kesilmişti.

"Ben onları buğday ambarıma koymuştum. Fareler dadanıp hepsini kemirerek bitirmemiş mi!..."

Yoksul tüccar ağzı bir karış açık kalarak, "Ne diyorsun!" diye hafifçe bağırdı.

Öteki gene pişkinliğe vurdu:

"Yaa, kendi gözlerimle gördüm. Fareler senin demirleri kemirip un ufak etmişler. İnanmazsan gel, birlikte benim ambara gidelim; sen de gözlerinle gör."

Yoksul tüccar arkadaşının nasıl bir oyun çevirdiğini artık anlamıştı. İçin için köpürmekle birlikte hiç bozuntuya vermedi.

"Yok. Ne diye oraya dek gidip yorulayım?" dedi. "Arkadaşımsın, bana yalan söyleyecek değilsin ya! Zaten farelerin demir yemeyi sevdiklerini bilmeyen yoktur. Sana inanıyorum. Ne yapalım, kısmet böyleymiş. Sağlık olsun."

Böyle diyerek yoksul tüccar arkadaşının yanından ayrıldı. Dosdoğru zengin tüccarın evinin bulunduğu mahalleye yollandı. Zengin tüccarın oğlu kapı önünde oynamaktaydı.

"Merhaba, amca," diye yoksul tüccarın yanına geldi.

Yoksul tüccar, "Merhaba, oğlum," dedi. "Baban birazdan bizim eve gelecek. İstersen seni de götüreyim."

Çocuk, "İsterim ya; gidelim," dedi.

Birlikte yoksul tüccarın evine gittiler.

Ertesi gün yoksul tüccar, sözümona bir raslantıyla, zengin tüccarın dükkânının önünden geçti.

Zengin tüccar iki gözü iki çeşme ağlayarak, "Ah, kardeş, başıma gelenleri bir bilsen, biricik oğlum dünden beri kayıp," dedi. "Aradık, taradık, hiçbir yerde bulamadık. Kurbanın olayım, bir şeyler öğrenirsen insanlık adına bana haber ver."

Yoksul tüccar, "Vah vah, pek üzüldüm," dedi. "Olur, bir haber alırsam sana bildiririm."

Ertesi gün yoksul tüccar koşarak zengin arkadaşının dükkânına gitti:

"Aman kardeş, sorma, demin bir tarladan geçerken bir de ne göreyim? Senin haşarı oğlan hoplayıp zıplayıp oynuyordu. Tam o sırada yukardan geçen bir leylek indiği gibi yumurcağı kaptı; gene havalanıp gözden yok oldu."

Zengin tüccar, "Yazıklar olsun sana!" dedi köpürerek. "Şu acılı durumumda benimle alay etmekten utanmıyorsun. Hiç leyleğin çocuk kaptığı görülmüş şey mi, allasen?"

Yoksul tüccar, "Seninle alay eden yok, dostum," diye karşılık verdi. "Dünyada neler oluyor! Farelerin demirleri kemirdiği yerde leyleklerin de çocukları kaptıklarına şaşmamak gerek. Öyle değil mi?"

O zaman hileci zengin, arkadaşının ne demek istediğini anladı. Kendi kendinden utandı. Kendi canı yanınca, can yakmanın ne demek olduğunu anlamıştı. En değerli varlığını yitirmenin ne olabileceğini kavramıştı artık.

Başını önüne eğerek, "Senin hurda demirleri fareler yemedi, ben sattım onları," dedi. "Aldığım paranın iki katını sana ödeyeceğim."

Arkadaşı, "Şimdi oldu," dedi. "Oğlun sağ ve sağlıklı, onu evime konuk ettim. İstersen hemen gidip alalım."

Zengin tüccar bundan sonra hileciliğe tövbe etti ve yaşamını dürüst bir insan olarak sürdürdü.

(1872)

Kirpi ile Tavşan

Tavşan Kardeş hızlı koşmasıyla son derece böbürlenen, kibirli bir kişiydi. Günlerden bir gün yolda Kirpi Kardeşe rastladı. Kendi halindeki bu hayvana sataşmadan edemedi.

"Kirpi Kardeş," dedi. "İyisin hoşsun, ama öyle bastıbacaksın ki hımbıl hımbıl yürüyorsun."

Tavşanın bu bitmez tükenmez küstahlıklarına pek sinirlenen kirpi, ona unutamayacağı bir ders vermeyi aklına koydu:

"Kendini bir şey sanma, Tavşan Kardeş," dedi. "Sen bana bastıbacak diyorsun, ama ben seninle yarışmaya hazırım."

Tavşan kahkahalarla gülerek, "Yarışalım öyleyse," dedi.

Kirpi, "Oldu," dedi. "Yarın sabah şu tarlanın başında bulun, yarışalım."

Tavşan, "Gün doğarken buradayım," dedi; kıs kıs gülerek oradan uzaklaştı.

Kirpi Kardeş evine gidince karısına, "Demin Tavşan Kardeşle biraz tartıştık," dedi. "Yarın sabah yarışıyoruz. Bakalım kim daha hızlı koşacak."

Bayan Kirpi dehşet içinde kalmıştı:

"Sen deli mi oldun?" dedi kocasına. "Tavşan Kardeşle nasıl yarışırsın sen? Onun bacakları tığ gibi, çevik. Seninkilerse eğri ve bücür."

Kirpi, "Onun bacakları çevikse benim de aklım çevik," diye karşılık verdi. "Bir planım var. Bana yardımcı olursan Tavşan Kardeşi yener, burnunu sürter, bu sevimsiz kibrinden caydırırız."

Bayan Kirpi, "Anlat bakalım planın neymiş?" dedi.

Kirpi Kardeş kurduğu planı anlattı, eşi ona yardımcı olacağına söz verdi, böylece ertesi sabah erkenden kararlaştırılan tarlaya gittiler.

Tavşan Kardeş onları beklemekteydi. Bunu uzaktan gören Kirpi karısına usulca,

"Sen şu çukurun içinde bekle," dedi. "İyice saklan. Tavşan Kardeşle ben tarlanın öbür yanından koşuya başlayacağız. O koşarken ben geri dönüp başladığımız yerdeki bir çukura gizleneceğim. Tavşan buraya geldiği zaman sen ortaya çıkarak, "Nerede kaldın, Tavşan Kardeş, epeydir seni burada bekliyorum," diyeceksin. Kafası pek işlemediğinden bizi ayırt edemez o. Seni ben sanacaktır."

Bayan Kirpi, "Peki," diyerek çukura girip gizlendi.

Tavşan Kardeş ile Kirpi Kardeş de yarışlarına tarlanın öbür ucundan başladılar.

Tavşan yola çıkar çıkmaz Kirpi hemen döndü, bir çukur bulup gizlendi. Tavşan'a iki yanına bakmadan bir solukta tarlanın öbür ucuna vardı. Vardı, ama bir de ne görsün? Bastıbacak Kirpi Kardeş onu orada beklemiyor mu? Aslında bunun Bayan Kirpi olduğunu seçemeyen Tavşan Kardeş kötü bozuldu.

Bayan Kirpi, "Nerelerde kaldın, Tavşan Kardeş? Nicedir burada, seni bekliyorum," dedi.

Tavşan içinden, "Bu Kirpi büyücü mü nedir!" diye geçirdi şaşkınlıkla. "Nasıl olur da benden daha hızlı koşar?"

Yüksek sesle, "Gel, Kirpi Kardeş, gene yarışalım," dedi. "Başladığımız yere kadar koşmaya var mısın?"

Bayan Kirpi, "Varım," dedi.

Tavşan Kardeş ok gibi yerinden fırladı. İki yanına bakmadan bir koşu kopardı. Bayan Kirpi de gene çukura girip gizlendi.

Gerisin geriye koşan Tavşan karşısında gene Kirpi Kardeşi bulunca neredeyse düşüp bayılıyordu.

Kirpi Kardeş durumun keyfini çıkararak, "Nerde kaldın, kuzum?" diye sordu. "Ne zamandır seni bekliyorum şurada."

Tavşan Kardeş, "Olamaz," diye düşündü. "Yerden bitme bir kirpiye koşuda yenik düşmem!"

Sonra, "Tavşan Kardeş," dedi. "Üçüncü kez yarışa var mısın? Gene tarlanın karşı yanına koşalım."

Kirpi, "Ben çoktan hazırım," dedi.

Tavşan, "Bu kez ben kazanacağım, bak göreceksin," diye olağanüstü bir hızla, adeta uçarak koştu, ama tarlanın sonuna vardığında karşısında gine Kirpiyi buldu.

Aklını kullansa işin içinde bir iş olduğunu anlayacaktı. Ama o, karşısındakinin Bayan Kirpi olduğunu gene seçemeyerek yenilgiyi kabul etti.

"Haklıymışsın, Kirpi Kardeş," dedi. "Ne kadar hızlı koşarsam koşayım sen kazanıyorsun. Şampiyon sensin."

Ondan sonra Tavşan Kardeş böbürlenmekten de, kibirlenmekten de vazgeçerek aklı başında, alçakgönüllü bir kişi olup çıktı.

(1872)

Kurabiye

Köylü Dayının karnı açlıktan zil çalıyordu. Mutfağa gitti. Karısının yeni hazırlayıp fırında pişirmiş olduğu nefis yiyeceklere baktı. Nar gibi kızarmış bir pide alarak yedi. Ama doymamıştı. Bir pide daha yedi. Karnı hâlâ açtı. Köylü dayı üçüncü pideyi de gövdeye indirdi. Ama boşuna! Doymamıştı. Yandaki tepsiden bir de kurabiye alarak yedi. Oh, işte şimdi doymuştu!

Köylü Dayı kendi kendine güldü. Elini alnına vurarak,

“Ne aptalmışım,” dedi. “O ilk yediğim üç pideyi ziyan ettim. Karnımı doyurmak için hiç de gerekli değilmiş onlar. İşe kurabiyeyle başlasam olacakmış.”

(1872)

Şahin ile Horoz

Şahin ile efendisinin arası çok iyiydi. Efendisi çağırdığı zaman Şahin gider, onun koluna konar, uslu uslu otururdu.

Horoz ise efendisinin sesini duyunca bucak bucak kaçardı.

Bir gün Şahin, "Siz horozlar ne nankör hayvanlarsınız!" dedi. "Efendinize hiç yakınlık göstermiyorsunuz. Size serptiği yemleri yiyorsunuz, ama ayak sesini duyduğunuz zaman kaçıyorsunuz. Oysa ben hemen gidip onun koluna konuyorum. Ona yakınlık gösteriyorum. Çünkü sizler gibi nankör değilim. Bana onun yem verdiğini hiçbir zaman unutmuyorum."

Horoz güldü:

"Eyy, Şahin kardeş," dedi, "Efendinin sesini duyunca elbet hemen gidersin. Elbet yakınlık gösterip sokulursun ona. Çünkü onun Şahin kızartması yediğini hiç görmedin."

Aslan ile Sinek

Hayvanların kralı ve en güçlüsü sayılan Aslan kendine güvenen, şahane bir edayla uzanmış yatmakta, güzel havanın tadını çıkarmaktaydı.

Birden kulağının dibinde bir sinek vızıltısı duydu. Hiç oralı olmadı. O güzel, gür yelesini bile kıpırdatmadan keyfini sürdürdü.

Ne var ki vızıltı kesilmiyordu. Biraz sonra Aslan, bununla ilgilenmek gereğini duydu. Başını şöyle bir kıpırdatınca kulağının dibinde vızıldayarak uçan sineği gördü.

Sinek küstah bir edayla, "Kendine pek güveniyorsun," dedi. "Küçük dağları ben yarattım dercesine gururlusun. Hayvanların en kuvvetlisi olduğunu sanıyorsun. Ama çok yanılıyorsun. Ne biçim kuvvet seninkisi? Pençeleşmesini, dişlemesini biliyorsun. O kadarını kocalarıyla kavga eden cadolaz karılar bile yapar."

"Git işine!" dedi Aslan. "Sen kim oluyorsun ki benim gücümle uğraşıyorsun?"

Sinek, "Aslında ben senden güçlüyüm," dedi.

Aslan bir kahkaha attı.

Sinek, "Gururlanma," dedi. "Bana inanmıyorsan gel dövüşelim!"

Böyle diyen Sinek, hızla uçarak Aslanın orasını burasını ısırmaya başladı. Aslan onu kovmak ya da tutmak için her pençe atışta kendi yüzünü tırmalayıp kan içinde bırakıyordu. Sinek de vızıltılı kahkahalar atarak saldırılarını sürdürüyordu. Sonunda Aslan bitkin düşerek, "Haklıymışsın," dedi. "Sen benden daha güçlüsün."

Sinek son bir zafer kahkahasıyla, "Oh ya, ben Aslandan daha güçlüyüm ya," diye vızıldayarak oradan uzaklaştı. Aslanı yenebilmiş olmak öyle başını döndürmüştü ki ne yaptığını, nereye gittiğini bilmeden uçuyordu. O hızla kendini bir örümceğin ağında buluverdi. Kurtulmak için boş yere çırpınırken kendi kendine,

"Aslanın kibrini kınarken kendim aynı suçu işledim. Koca Aslanı yenen ben, ufacık bir örümceğe yem olacağım," diye acı acı düşünmeye koyuldu.

(1872)

Ağdaki Kuşlar

Avcının biri bir gün bir göl başına kocaman bir ağ astı, bir sürü kuş yakaladı. Ne var ki kuşlar iri iri olduklarından ağı yerinden söktüler ve kanat çırparak ağla birlikte havalandılar. Ağ uçmaya başladı.

Avcı da ağın peşinden koşuyordu.

Durumu gören bir köylü gülerek avcıya sordu:

"Ne yaptığını sanıyorsun? Bu kuşlar havada uçuyorlar. Sen yerde koşuyorsun. Bu gidişle onlara yetişebileceğini mi sanıyorsun yoksa?"

"Yetişirim," dedi avcı.

Köylü alaylı alaylı güldü.

Avcı, "Sen beni aptal sanıyorsun, ama durum öyle değil," diye açıklamada bulundu. "Bak, anlatayım sana. Ağın içindeki kuşların hepsi aynı türden olsaydı onları dünyada yakalayamazdım. Ama orada değişik birçok tür kuş olduğundan onları kolayca yakalayacağım."

Köylü, "Anlamadım," dedi.

"Çok basit, dostum: Kuşların hepsi aynı türden olsaydı aralarında birlik bulunurdu. Hepsi aynı yönde uçar, elimden kaçarlardı. Oysa bu ağdaki kuşların arasında birlik olmadığından dayanışma da olmayacak. Hepsi ayrı hava çalacak. Her kuş kendi istediği yere gitmek için diretecek. Bu yüzden ben de onları ele geçireceğim. Hele biraz bekle, bak göreceksin."

Gerçekten de avcının dediği gibi oldu. Birlik ve dayanışma içinde olmayan kuşların her biri ağı ayrı yönde çekelemeye başlamışlardı bile. Çok geçmeden işi birbirleriyle itişip gagalaşacak kadar azıttılar. Ağ parçalandı, yere çöktü ve kuşlar hop diye avcının eline geçtiler.

(1872)

Şeytan Öcünü Nasıl Aldı?

Yoksul Köylü erkenden çift sürmeye başlamak için şafak sökmeden önce evden çıkmıştı. Azık olarak da mendilinin içine bir kabuk kuru ekmek sarmıştı. Islık çalarak tarlasının yolunu tuttu.

Tarlaya varınca hırkasını çıkardı, azığını bir çalının gölgesine bıraktı; öküzünü sabana koştu, çiftini sürmeye başladı.

Öküz yorulup kendisi de terlemeye başlayınca bir mola verdi. Öküzü çözüp otlamaya bıraktı. Kendisi de pınardan bir tas soğuk su alarak azığını yemek için gölgeye çöktü.

Ama çıkını açınca bir de görsün? Sabah sardığı ekmek kabuğunun yerinden yeller esiyordu. Yoksul köylü gözlerine inanmak istemedi. Dört bir yanı aradı, taradı, hatta hırkasını silkeledi, ama ekmek kabuğunu koydunsa bul!

Genç Köylü şaşkın şaşkın kafasını kaşıdı:

"Olmayacak şey," diye söylendi. "Sabahleyin o bir kabuk ekmeği şu mendile kendi elimle sarıp çıkın ettim. Geldiğimden beri de tarlada yalnızım. Bir köpek bile geçmedi. Öyleyse ekmek nereye gitti?"

İşin gerçeği şu ki köylü dalgın dalgın çift sürerken yaramaz bir Küçük Şeytan gelip ekmek kabuğunu çalıvermişti. Şimdi de çalının arkasına sinmiş, kulağı kirişte beklemekteydi. İyice karnı acıkmış olan Yoksul Köylü öfkesinden sunturlu bir küfür savursun, böylece günaha girsin istiyordu.

Şeytanların işleri güçleri budur zaten: İnsanları günaha sokmak! Bunu sağlamak için de hiçbir zahmetten kaçınmazlar, hiçbir fırsatı kaçırmazlar. Daha doğrusu, insanları ille günaha sokmak için kendileri fırsat yaratırlar. Ne zaman bir kişiyi günaha soksalar patronları, efendileri olan Baş Şeytan onları ödüllendirir. Bu yüzden şimdi bizim Küçük Şeytan çalının ardında heyecan ve keyifle, genç, yoksul köylünün öfkeden kudurmasını, verip veriştirmesini bekliyordu.

Gelgelelim hevesi kursağında kaldı. Çünkü köylü, uysal, iyi huylu, tok gözlü bir gençti. Gerçi azığının yitişine canı sıkılmıştı, ama bunu kendine pek tasa etmedi.

"Ne yapalım, bir gün aç kalmakla insan ölmez ya," dedi içinden. "Ekmek parçasını kim çaldıysa herhalde çok acıkmıştı ki bu işi yaptı. Helal olsun."

Gidip pınardan birkaç yudum buz gibi su içti, yüzünü yıkayarak, "Şükürler olsun," dedi, sonra gidip bir ağacın gölgesine yattı. Güzel bir uyku çekti.

Bu saf adamı günaha sokamamış olmak Küçük Şeytanın pek canını sıkmıştı. Hemen gitti, efendisi Baş Şeytana durumu bildirdi:

"Efendimiz, bu yoksul köylüyü günaha sokmak görevimde yaya kaldım. Nedense başaramadım bu işi. Bu köylünün gönlü pek güzel. Küfretmek şöyle dursun, çalınan ekmeğini helal etti; sonra, Tanrı'ya şükürler olsun, dedi.

Baş Şeytan öfkesinden küplere bindi.

"Günaha girmeyecek insan pek azdır, ama yolunu bilmek gerek," diye gürledi. "Sen böyle genç, yoksul, saf bir köylünün karşısında aciz kalırsan bizim için çok büyük bir yenilgi olur. Bu yüzden, ne yapıp edip bugünkü beceriksizliğinin izini silecek bir şeyler düşünmeli, bu köylüyü ille de günaha sokmalısın."

"Başüstüne, efendimiz. Ama bunun için bana zaman gerek."

"Üç yıl zaman tanıyorum. Bu üç yıl içinde başarı kazanmazsan vay sana!"

Küçük Şeytanın telaştan etekleri tutuşmuştu. Uzun uzun düşündü, taşındı, sonunda akıllıca bir şey tasarladı. Bu tasarıyı uygulamak için yoksul bir ırgat kılığına girerek Genç Köylünün karşısına çıktı.

Köylü, "Ben kendim de yoksulum, ırgat tutacak param yok," dedi.

Bunun üzerine ırgat kılığındaki Şeytan, "Zarar yok," dedi, "işsiz kalmaktansa senin yanında boğaz tokluğuna çalışırım."

İyi yürekli, namuslu Genç Köylü, "İyi o zaman, kazandığımızı paylaşıp yeriz," diyerek Küçük Şeytanı ırgat olarak yanına aldı.

Kurak bir yaz mevsimiydi. Köylüler yağmur duasına çıkıyorlardı, ama Küçük Şeytan yağmurun yağmayacağını biliyordu. Genç Köylüye,

"Hububatını şu bataklığa ek, o zaman kuraklık seni etkilemez," diye akıl öğretti.

Köylü onun sözünü dinledi. Geçerken de, amansız sıcak öteki köylülerin ürünlerini kasıp kavurduğu halde bizimkinin ürünü yemyeşil ve gür bir biçimde serpilip arttı.

Bizim Köylü elbette ki buna çok sevindi ve kazancını ırgatı ile bölüştü.

Bir dahaki yıl havanın çok yağmurlu geçeceğini Küçük Şeytan elbette ki biliyordu. Bu yüzden efendisi olan Genç Köylüye,

“Bu mevsim baş ürününü şu tepenin sırtına ek,” diye öğüt verdi.

Geçen yılki bol üründen sonra ırgatına sonsuz güveni olan Köylü, onun dediğini yaptı. Gerçekten de görülmedik derecede yağmurlu bir mevsim oldu. Bütün öteki tarlaları sular bastı. Ürünler rutubetten çürüdü. Gelgelelim bizim köylü ürününü eğimli toprağa ektiğinden yağmurlar akıp geçiyordu. Ürün de yemyeşil, gür, sağlıklı bir biçimde boy veriyordu.

Hasat gene bol ve bereketli oldu. Genç Köylü o kadar çok tahıl elde etti ki fazlalığını ne yapacağını bilemedi.

Bunun üzerine Küçük Şeytan, “Tahılları ezip suyundan alkollü içki yapmayı deneyelim,” dedi ve köylüye içki yapmasını öğretti.

Köylü yaptığı içkiyi çok beğendi. Öyle ki yalnızca kendisi içmekle kalmayıp öbür köylülere sundu. Onlar da içkiyi pek beğendiler.

Bunun üzerine Küçük Şeytan, hemen Baş Şeytan’ın huzuruna koştu:

“Üç yıl önce yaptığım beceriksizliğin acısını çıkardım, efendim,” dedi. “Namuslu köylüden öyle bir öç aldım ki tam şeytanlığın şanına layık!"

Baş Şeytan, "Ben de gelip göreyim, öyleyse," dedi.

Küçük Şeytan ile Büyük Şeytan birlikte yeryüzüne indiler; durumu yerinde incelemek üzere köye gittiler.

Gittiklerinde Köylü sofra kurmuş, arkadaşlarına şölen çekmekteydi. Karısı konuklara içki sunmakla meşguldü. Bir ayağı yerdeki kilime takılarak sendeledi, elindeki tepsinin üstündeki kupalardan birinin içindekiler döküldü.

Genç Köylü bunu görünce küplere bindi; karısına esip yağmaya başladı:

"Bastığın yere dikkat etsene hödük! Elindeki bulaşık suyu mu ki böyle döküp saçıyorsun! Bu içkinin değerini, bana kaça çıktığını bilmiyor musun, kaz kafalı karı!"

Küçük Şeytan, Büyük Şeytanı dürterek, "Ne haber efendimiz?" dedi. "Tek lokma azığını hırsızlara helal eden adamı bakın ne durumlara düşürdüm!"

Köylü, hâlâ dırlanıp durarak, tepsiyi karısının elinden almış, içkileri kendisi dağıtmaya başlamıştı. Herkesin içinde hoyratça horlanan zavallı kadının gözleri yaş içindeydi.

Baş Şeytan, Küçük Şeytana, "Aferin, iyi iş becermişsin," dedi.

Küçük Şeytan, "Bekleyin," dedi. "Daha bu bir şey değil."

Nitekim az sonra yoksul bir komşu tarla dönüşü Bizim Köylünün evine uğradı. Bizimkinin üç yıl önceki durumunu andıran alçakgönüllü, iyi bir adamcağızdı. Elden ele gezen buz gibi içki kupalarını görünce, kendisine bir kupa sunulacağını varsayarak iştahla yutkundu.

"Bütün gün kızgın güneş altında, tarlada çalıştıktan sonra buz gibi bir kupa içki de iyi gider doğrusu," diye gülümsedi.

Bunu duyan ev sahibi, yoksul komşusuna tepeden bakarak, "Her kapımı çalana içki sunacağımı sanıyorsan yanılıyorsun," dedi. "Burada yoksullar için aş ocağı işletmiyoruz biz."

Zavallı komşu yerin dibine geçerek sessizce çıktı, oradan uzaklaştı.

Baş Şeytan ise keyiften dörtköşe olmuştu. Küçük çömezinin sırtını sıvazlıyarak gene,

"Aferin sana, gerçekten soyumuzun şanına layık işler başarmışsın," dedi.

Ağzı kulaklarına varan Küçük Şeytan, "Daha bu hiçbir şey değil," diye yanıtladı. "Bakın, daha neler göreceksiniz!"

Zengin ev sahibi ile konuklarının içtikçe kafaları dumanlanıyordu. Çok geçmeden birbirlerine yağ çeken, ikiyüzlü, içtenliksiz konuşmalara giriştiler.

Baş Şeytan, "Bunu da beğendim," dedi. "Tilkiler gibi ikiyüzlü, kurnaz olup çıktılar. Demek ki bu kişiler birbirlerini göz kırpmadan dolandırabilirler. Bu da bizim ekmeğimize yağ sürer."

Küçük Şeytan, "Bu daha bir şey değil," diye gülümsedi. "Şimdi tilkiye benzetiyorsunuz onları. Hele birer kupa daha içsinler, o zaman kurt kesileceklerdir."

Gerçekten de köylüler içtikçe daha yüksek seslerle konuşuyorlar, daha kaba saba şakalar yapıyorlardı. Derken deminki o yağ çeken övgü sözlerinin yerini hoyrat çekişmeler almaya başladı. Şimdi içkiden kendilerini unutmuş olduklarından birbirlerinin yüzüne karşı ağır sözler söylüyorlar, birbirlerini kabaca alaya almaktan çekinmiyorlardı. Öyle ki bir süre sonra sille tokat birbirlerine girişmeye başladılar. Ev sahibi bile ev sahipliğini unutarak kavgaya karıştı, yedirip içirdiği konuklar tarafından bir temiz dövüldü.

Baş Şeytanın keyfinden yanına varılmıyordu.

"Aferin, Küçük Şeytan! Benim sandığımdan daha yetenekliymişsin. Büyüyünce gerçekten önemli bir şeytan olacaksın."

Küçük Şeytan, "Teşekkür ederim, efendimiz, ama daha bitmedi," dedi. "Şu sırada onları kudurmuş birer kurt gibi görüyorsunuz? Biraz daha sabrederseniz iğrenç domuzlara dönüştüklerini göreceksiniz."

Köylüler artık o kadar kendilerinden geçmişlerdi ki dövüşecek durumları bile kalmamıştı. Anlamsız hırıltılar çıkararak yalpalıyorlar, oradan oraya yuvarlanıyorlardı. Çok geçmeden birer ikişer oradan ayrılmaya başladılar.

İçlerinden biri dışarıya çıkınca öyle kötü sendeledi ki ayağı bir taşa çarparak yere yuvarlandı, sokaktaki çamurlu suların içine düşüp kaldı. Nereye düştüğünü bilecek, düştüğü yerden kalkacak bile hali yoktu.

Baş Şeytan, "Gerçek bir domuz," diye kıs kıs güldü.

Küçük Şeytan, "Bir de şuraya bakın, efendimiz," diye ona ev sahibini gösterdi.

Ev sahibi yeni dayayıp döşediği evinin başköşesinde kusmuş, kusmukları arasında sızıp kalmıştı.

Baş Şeytan makaraları koyverdi:

"Gerçekten de, ahırlarının pis suları, süprüntüleri arasında debelenen iğrenç birer domuz bunların hepsi."

"Ben size söylemiştim, efendimiz."

"Söylediğinden de üstün buldum ben bu durumu."

"Sağ olun, efendim."

"Söyle bana Küçük Şeytan, ne var bu içkinin içinde? Önce tilki, sonra kurt, sonra da domuz kanı karıştırarak mı elde ettin bu zıkkımı?"

"Hayır efendimiz. İçkiye hayvan kanı karıştırmama gerek yoktu, çünkü insan mayasında hayvanlık her zaman bulunur. Benim yaptığım şey bu genç, yoksul köylüye zenginlik hırsı aşılamak oldu. Tokgözlü adam hiçbir zaman hayvanlaşamaz. Mayasındaki hayvanlık damarı hiçbir zaman depreşmez."

"Çok doğru, Küçük Şeytan."

"Siz de biliyorsunuz ki, efendim, insanlar açgözlü oldukça, para hırsı bastıkça insanlıktan uzaklaşmaya başlarlar. İçindeki hayvansal yönü iyice ortaya çıkarmak için onu içkiye alıştırdım. Aklı başında, temiz ve dürüst kişiler içkiyi hiçbir zaman aşırı kaçırmazlar. Neşelenmeye bakarlar, hiçbir zaman kendilerini unutacak kertede sarhoş olmazlar. Ama insanlık erdemlerini zaten yitirmeye başlamış olan kişi içtikçe hayvanlaşır. İçindeki tilkiler, kurtlar, çakallarla domuzlar birer birer sırıtırlar."

Baş Şeytan başını bilgiç bilgiç sallayarak, "Evet, doğru düşünmüşsün, Küçük Şeytan," dedi. "Her kötülüğün başı para hırsına dayanır. Bu hırsla insanlığını unutan kişi de hayvanlaşmaya her zaman yatkındır... Aferin, yavrum. Bu insanları günaha sokmanın en iyi, en kestirme yolunu bulmuşsun."

İki şeytan gizlice oradan uzaklaşırken zengin köylünün zavallı karısı, hizmetçisini bile çağıramayacak kadar utanmış durumda, çevreyi temizliyor, sızmış kocasını ayıltmaya çalışıyordu...

(1886)

SON

İMGE kitabevi

Aldous Huxley

Algı Kapıları

Cennet ve Cehennem

İngilizce Aslından Çeviren: Mehmet Fehmi İmre

Yayınlandığı günden itibaren tüm dünyada olağanüstü bir ilgi gören ***Algı Kapıları***, ele aldığı konu bakımından benzersizdir. Huxley bu kült kitabında insan algılarının boyutlarını, görsel algıyı olağanüstü biçimde açan meskalin üzerinde özellikle durarak, onu bizzat kullanarak inceler; deneyimlerini müthiş bir gözlem gücüyle gerçeğe olabildiğince yakın, hatta zaman zaman onu aşarak betimler ve bize gerçeğin yeni bir boyutunu, bilincimizin, aslında bir şekilde hep bildiğimiz, ama pek göremediğimiz "karşı kutbunu", "öteki tarafını" gösterir; oraya geçmek için tarih boyunca kullanılmış farklı araçları, geliştirilmiş farklı yöntemleri anlatır.

Dolayısıyla ***Algı Kapıları,*** resimden müziğe, bir kır manzarasından karanlıkta oynaşan ışıklara kadar birçok farklı araçla da ortaya çıkabilen farklı bir algı durumunun, yazarın deyimiyle "kendinden geçmenin" benzersiz bir analizini sunuyor.

Gerek ***Algı Kapıları***, gerekse yazarın daha sonra bunun devamı olarak yazdığı ***Cennet ve Cehennem***, bu "kendinden geçme" halinin, gündelik yaşamın ötesindeki bir dünyaya açtığı kapılar üzerine yazılmış iki temel ve klasikleşmiş deneme...

İMGE kitabevi

Charles Dickens

Edwin Drood'un Gizemi

İngilizce Aslından Çeviren: Işıl Aydın

Hiç beklenmedik bir anda felç geçirip öldüğünde henüz 58 yaşındaydı. Yaratıcılığının doruğundaydı ve belki de en büyük eserini yazıyordu. Büyük bir üne ve servete kavuşmuştu. Geniş bir çevresi; doğal olarak dostları, düşmanları ve rakipleri vardı. Charles Dickens'ın böyle bir ortamda bir anda ölmesi, çeşitli söylentilere ve spekülasyonlara yol açtı. Aradan geçen yaklaşık yüz elli yıl boyunca, ölümü ve bitirmeye fırsat bulamadığı son romanı *Edwin Drood'un Gizemi* etrafında, bugün bile tam kalkmamış kalın bir sır perdesi oluştu. Bazıları işi, Dickens'ın *Edwin Drood'un Gizemi*'nde "kendi ölüm kehanetini" yazdığını söylemeye kadar vardırdı.

Otoriteler tarafından klasik anlamda ilk "gerçek" polisiye roman sayılan *Edwin Drood'un Gizemi*'nin yarım kalmış olması, kitabı gerçek bir gizem haline getirdi. Aradan geçen bir buçuk asır boyunca kitap hakkındaki tartışmalar hiç hız kesmeden günümüze kadar sürdü. Farklı yazarlar tarafından yazılan "devam" metinlerinin sadece tanınmış olanları bile 150'den fazladır. İlki Dickens'ın ölümünden hemen sonra, 1870 yılında T.C. De Leon tarafından ABD'de yayımlanmıştı. Sonuncusu ise Ulrike Leonhardt tarafından 2001 yılında Almanya'da yayımlandı. Bunların hiçbiri meraklıları ve eleştirmenleri tatmin etmedi. Geriye yine eserin aslı, her cümlesinde Charles Dickens'ın parlak dehasını yansıtan *Edwin Drood'un Gizemi* kaldı.

İMGE
kitabevi

Tolstoy

Hacı Murat

Rusça Aslından Çeviren: Günay Kızılırmak Çetao

Lev Nikolayeviç Tolstoy (1828-1910) *Hacı Murat* adlı eserinde, Rus Çarlığının Kafkasya halklarına karşı yürüttüğü, etkileri bugün bile hissedilen XIX. yüzyıl savaşlarından bir öykü anlatır. Tolstoy'a göre Rus Çarı I. Nikolay ile dağlı halkların önderi Şeyh Şamil arasında bir fark yoktur. Önemli olan savaşa karar verenler değil, savaşanlardır. Her iki cephede savaşan, hayatın ve ölümün gereklerini ellerinden geldiğince, çoğunlukla sorgusuz-sualsiz, çocukça, acemice yerine getiren insanları önemser büyük yazar. Bu insanlardan biri olan, dağların namlı, gözü pek savaşçısı Hacı Murat'ı ele alır bu romanında. Kafkasya halkları için Hacı Murat; bir umut, yerinden sökülemeyen, sökülürse solup gidecek inatçı bir dulavratotu olagelmiştir... Ne var ki o da her insan gibi kendi talihinin peşine düşecek, yine de kederli hayat hikâyesinin son anına kadar dürüst, çocuk ve özgür kalacaktır.

"Tarihî bir şeyler yazıyorsam gerçeğe en ince ayrıntısına kadar sadık kalmayı severim," diyen Lev Nikolayeviç Tolstoy, kendisine derin sanatsal sancılar yaşatan *Hacı Murat* üzerinde aralıklarla altı yıl çalışmış, yaklaşık 5 000 sayfayı bulan tarihî belge incelemiştir. Aslında yabancısı olduğu dağlı kültürünü, geleneklerini, düşünce ve davranış şekillerini böylesine ustalıkla aktarabilmiş, hayranlık uyandıran bir yapıt ortaya koymuştur.

İMGE
kitabevi

Pierre Louÿs

Kadın ve Kukla

Fransızca Aslından Çeviren: Tahsin Yücel

Pierre Louÿs (1870-1925), hem romanları, hem şiirleriyle büyük ilgi uyandırmış bir yazın adamıdır. *Afrodit*'le (1896) ünlü olmuş, genellikle başyapıtı olarak nitelenen *Kadın ve Kukla*'yla (1898) bu ünü doruğuna çıkarmıştır. Ünlü yazar burada bir yandan İspanya'nın kendine özgü havasını yansıtırken, bir yandan da bedensel güzelliği dışında pek bir üstünlüğü bulunmayan sıradan bir kadının, bir adamı nasıl bir oyuncağa dönüştürüp aşağılayabileceğini gösterir. Buna bir de Pierre Louÿs'in kendine özgü anlatımı eklenince Conchita'yla Mateo'nun öyküsü bir başyapıta dönüşür.

Jane Austen

Kül ve Ateş

İngilizce Aslından Çeviren: Nihal Yeğinobalı

Klasik İngiliz Edebiyatı'nın en önemli kadın yazarlarından Jane Austen'ın daha sonraki romanlarına bir ilk adım ve anahtar olarak değerlendirilen ilk eseri *Kül ve Ateş* (Sense and Sensibility), iki kız kardeşin aşk ve evlenme serüvenlerini konu alır.

Kardeşlerden Marianne tutkularını bastırmak istemeyen, duygularını dilediği gibi yaşamayı seçen ve bu yüzden başı dertten kurtulmayan, taşkın mizacıyla tam bir Romantik Çağ kişisidir ve başlıktaki "ateş"i temsil eder. Duygularını aklıyla dengelemeyi seçen ablası Elinor ise, yaşamda kişiye zararlı olmaya başlayan tutku ve heyecanların üzerine serpilmesi gereken sağduyu, irade ve mantık "kül"ünü simgeler.

Jane Austen iki kız kardeşin başlarından geçen olayları keskin görüşü, ince mizahı ve sürükleyici üslubuyla anlatırken, alaycılığının oklarını toplumdaki ikiyüzlülük, bencillik, samimiyetsizlik ve boş özentilere yöneltir; ama gerçek sevgi ve dostluklara, vefa ve fedakârlıklara sevecenlikle değer vermeyi unutmaz.

Böylece, bir yandan heyecanlı aşk öykülerinin çerçevesinde insan duygularının hiç değişmeyen yönlerini sergilerken, bir yandan da toplumun gerçek dokusunu oluşturan insan ilişkilerini güçlü bir ışıkla aydınlatır.

Goethe

Marienbad Ağıdı

Çevirenler: Ulrike Böhmer - Turgay Fişekçi

Marienbad Ağıdı, yalnız Goethe'nin en güzel şiirlerinden biri olmasıyla değil, şiire yol açan olaylarla da ilgi çekicidir. Yetmişini aşmış Goethe, ağır bir hastalık geçirmektedir. Stefan Zweig, *İnsanlık Tarihinde Yıldızın Parladığı Anlar* adlı kitabında olayı şöyle anlatıyor:

"Çevresindekilerin ölümü beklediği bir sırada ansızın iyileşir ve sık sık gittiği kaplıca kenti Marienbad'a gelir. Burada sanki yeniden doğmuş gibi canlanıvermiştir şairimiz. Gece yarılarına dek kadınlarla gönül eğlendirmekte, coşku dolu bir ruh durumu içinde danslar etmektedir. Bu sırada on dokuz yaşında bir genç kız, yeniden canlanan duygularına seslenircesine karşısına çıkar." İşte *Marienbad Ağıdı*, büyük şair Goethe'nin, bu genç kıza duyduğu umutsuz aşktan kaynaklanan başyapıtıdır.

İvan Gonçarov

Oblomov

Rusça Aslından Çeviren: Gülderen Süer

İMGE
kitabevi

Oblomov, klasik kahramanlar gibi genel bir tiptir. Bol bol hayal kurmasına, uyuşukluğuna ve tembelliğine rağmen çevresine sıkı sıkıya bağlı bir insandır.

Ne Raskolnikov ne de Prens Andrey, eski Rus insanını, hatta bugünün Doğulularını Oblomov kadar güçlü biçimde ortaya koyabilmiştir. Doğu, belki de ilk kez İvan Gonçarov'un bu büyük eserinde kendi kendini tanımaya, Batı'dan farklı olduğunu anlamaya çalışmıştır.

Oblomov, yıkılmakta olan toplum düzeninin, Rus aristokrat sınıfının çocuğudur. Çiftliğini, toprak kölelerini, kâhyasına bırakıp büyük şehre gider ve devlet memuru olur. Toprak ağalığını ruhundan atamayan Oblomov'un, bir devlet memurunun disiplinine ve yaşam tarzına ayak uydurması mümkün değildir. İstifa eder ve çiftliğinden gelen paralarla geçinmeye çalışır. O kadar tembeldir ki, kendisine gelen hesapların doğruluğunu kontrol etmek için bile çiftliğine gitmeye üşenir. Kâhya ne gönderiyorsa kabul eder. Bu da maddi çöküşü beraberinde getirir.

Çiftliğindeki yaşam tarzı ve gelenekler eski Rusya'dır. Şehirlerde ise artık yeni bir yaşam tarzı başlamıştır. Bu yeni yaşam tarzında aristokratların hiçbir rolü kalmamıştır. Romanda bu yeni yaşam tarzının temsilcisi, baba tarafından Alman olan Ştolts'tur. Rusya'yı Avrupalılaşma yoluna götürecek olan da Ştolts gibi ileri görüşlü, çalışkan ve işlerini en iyi şekilde takip eden insanlardır. Ştolts, Oblomov'un kendi ülkesinde kazanamadığı konumu, refah ve mutluluğu kolayca elde eder. Oblomov uyuşukluğa gömüldükçe, batağa saplandıkça, Ştolts ve Ştolts gibilerin yıldızı her geçen gün biraz daha parlamaktadır.

İvan Gonçarov, Ştolts-Oblomov karşıtlığında eski ve yeni Rusya'yı, Doğu ile Batı'yı karşı karşıya getirmektedir. *Oblomov* bu karşıtlıklarla örülen ve Rusya'nın geri kalmışlığını vurgulayan bir başyapıttır.

İMGE kitabevi

D. H. Lawrence

Oğullar ve Sevgililer

İngilizce Aslından Çeviren: Nihal Yeğinobalı

Oğullar ve Sevgililer, 1930 yılında henüz kırk beş yaşındayken hayatını kaybeden ünlü İngiliz yazar D. H. Lawrence'ın en iyi romanı olarak kabul edilir. *Oğullar ve Sevgililer*, anne ile oğul arasındaki karmaşık ilişkileri derinlemesine bir bakışla ele alır.

Bir madenci köyünde kocası ve iki çocuğuyla birlikte yaşayan Gertrude Morel, üçüncü çocuğunu beklediği sırada kocasına olan sevgisinin, uzun evlilik yıllarının sonrasında iyice tükendiğini fark eder. Karı-kocanın aşkı, aralarındaki bu derin soğumayı atlatamaz. Koca, karısının sevgisizliği ile baş edebilmek için avuntuyu alkolde ararken kadın da aynı boşluğu doldurmak için kendini çocuklarına adar. Aralarında özel ve sağlıksız bir ilişkinin gelişmesi kaçınılmazdır. Parlak bir kariyere başlayan ve yeni nişanlanan gözbebeği büyük oğlunu beklenmedik bir anda kaybedince, Gertrude hem bu acının, hem de aşkta ve hayatta yaşadığı hayal kırıklıklarının etkisiyle bu kez tüm varlığını küçük oğluna yöneltir ve aşırı ilgisiyle onu bunaltır. Sanatsal eğilimleri olan yetenekli ve duyarlı oğul, hayatına giren diğer kadınlarla ve kişisel mutluluğuyla annesi arasında sıkışıp kalır... Ve ortaya modern İngiliz edebiyatının en parlak romanlarından biri çıkar.

1960 yılında filme de çekilen ve yayınlandığı günden bugüne tazeliğini hiç yitirmeyen *Oğullar ve Sevgililer,* ünlü yazar ve çevirmen Nihal Yeğinobalı'nın Türkçesiyle...

N. V. Gogol

Ölü Canlar

Rusça Aslından Çeviren: Gülderen Süer

Gogol, 19. yüzyıla damgasını vuran *Ölü Canlar* romanını başlangıçta üç cilt olarak tasarlamış, ikinci cildini ölmeden önce yok etmiş, üçüncü cildini yazmamıştır; buna rağmen, 1842'de yayınlanan *Ölü Canlar* bütünlüklü ve Rusya'daki yaşamı en ince ayrıntısına kadar veren bir kitaptır. Gogol bu kitabıyla, ülkesindeki çarpıklıkları sergilemiştir.

İMGE
kitabevi

Honoré de Balzac

Vadideki Zambak

Fransızca Aslından Çeviren: Nesrin Altınova

Vadideki Zambak, Honore de Balzac'ın *İnsanlık Komedisi* başlığı altında tasarladığı roman dizisinin en önemli kitaplarından biridir. Bu roman dizisiyle Balzac, Fransa'da Bourbon Hanedanı'nın tahta geçmesiyle başlayan Restorasyon dönemini (1815-1830) geleceğin insanlarına tanıtmayı amaçlamıştı. *Vadideki Zambak*, Balzac'ın üzerinde en fazla çalıştığı eserdir. Bu romana İnsanlık Komedisi'nin "Taşra Yaşamından Sahneler" alt başlığı altında yer vermeyi düşünmüştür. 1835 yılında yazmaya başladığı roman, *Revue Paris* gazetesinde bir yıl boyunca bölümler halinde yayınlanmıştır. Romanın ana kahramanları 19. yüzyıl Fransasının göreneklerine ve ahlâk anlayışına uygun yaşayan soylu insanlardır. Olaylar Fransız taşrasında ve Paris'te geçer. Felix de Vandenesse ile Henriette de Mortsauf arasındaki romantik ve hüzünlü aşk, romanın konusunu oluşturmaktadır. Fakat bu dokunaklı, imkânsız ve dünya edebiyatının en ünlü aşk öyküsünün arka planında, Balzac'ın bütün eserlerinde görüldüğü gibi, 19. yüzyıl Fransız toplumunun yapısı, dönemin sosyal ve siyasal atmosferi yer alır.